講談社文庫

マイスモールランド

川和田恵真

講談社

目次

マイスモールランド

1

覚えていることと、忘れてしまったこと。
どちらも繋《つな》ぎ合わせた、私のほんとう。
あなたに伝えたい。
けれど、きっと伝えない。

*

丸く切り取られた世界。青と白で、半分に割れた空。こんなにもくもくしている雲は見たことがない。触れてみたい、と手を伸ばすと、こつんと窓に当たる。その窓に張り付くみたいにして流れゆく雲と空を見ていた。

お父さんにもらったあのクレヨンがあれば描けるのに、家に置いてきてしまった。だから、よく目に焼き付けておいて、帰ってから描こう。そんなことを考えていたのを覚えている。

五歳だった私が、初めて飛行機に乗った日のこと。

私はそれまでほとんど、生まれた村を出たことはなかった。何回かお父さんの車で、近くの街まで買い物についていったり、洋服を買ってもらったことはある。それでさえ私には大冒険だった。それが、急に村を出て、丸一日近くバスに乗って、見たこともない大都会まで来て、そのまま空港から飛行機に乗ってしまった。どこに行くのかも知らないまま。

もう十年以上前のことだけれど、飛行機のなかの光景は、鮮明に思い出すことができる。でも、どれも細々《こまごま》とした断片ばっかりだ。

窓際に座る私の隣には、お父さん。そしてその隣、通路側にお母さんが座ってたこと。

聞いたことのない言葉のアナウンスが流れて、私たちの村では見たことのないような顔や髪の色の人たちがたくさんいたこと。椅子のシートの列がいくつもまっすぐ並んでいたこと。そのシートの色がみんなグレーだったこと。食事が銀の袋に包まれて、それを破って名前を知らないどろどろの料理を食べたこと。味はよくわからなくて、とにかく美味《おい》しくはなかった。制服を着た綺麗《きれい》なお姉さんが、ジュースをくれたこと。確かオレンジジュースだった。これはどんなものだって美味しい。シートベルトをしなきゃいけないときなのに、お父さんがこっそり外してたこと。それで制服のお姉さんに注意されて、バレちゃったってお父さんが恥ずかしそうに笑ったこと。（あの時、お父さんは今よりずっと痩せてたのに。シートベルトが嫌いだったらしい。）耳が痛かったこと。耳抜きのやり方をお父さんが教えてくれた。口を閉じて、鼻をつまんでぴゅっと空気を耳に送る。お父さんの言う通りにしたらすぐにできて、ぜんぜん痛くなくなった。

こうして並べてみても、思い出すほどでもないような、取るに足らないことしかない。でもやっぱり、私にはひとつひとつが懐かしくてたまらない。

これが、私たち家族の長い長い旅のはじまりだった。

幼い私には、自分たち家族がどういうわけでどこに向かってるのか、何も知らされてはいなかった。どうして飛行機は飛べるのかとか、どうして落ちないのかとか、いろんな質問をして両親を困らせたけど、大事なことは、なんとなく聞けずにいた。幼いなりに、ただの旅行ではないことは感じとっていたから。

でも、行き先なんか知らなくたって、私は、今、この時、この瞬間を愛《いと》しく感じていた。心がふわふわと落ち着かないと、身体もそわそわと落ち着かない。

「トイレに行く？」

見かねたようにお父さんが私に聞く。

「ううん行かない」

「早く行かないと漏らすよ」

「漏らさない！」

「知らないよ」

「いいよ」

「じゃあどうしてそんなに落ち着かないんだ」

そんなやり取りをお父さんと何十回もした。きっとそんなに多くはなかったけれど気持ちとしては、何十回も。違うって言ってるのに、最後には手を引いてトイレまで連れて行かれてしまった。どうしてそんなにふわふわしてたのか。それは、初めての飛行機に、青い空に、わくわくしていただけじゃない。それよりも、お父さんと一緒に過ごす時間が、とても久しぶりだったから。

私の生まれた村は、トルコの南のほう、シリアに近いところにあった。飛行機に乗る三ヵ月くらい前のある日、お父さんは突然帰ってこなくなった。お仕事で出かけているだけだからってお母さんは言ったけれど、それから何度か、大きな銃を持った、怖い顔をした制服の男の人たちが家にお父さんを探しに来ていた。彼らは憲兵だと名乗った。以前に村のお父さんの仲間が、憲兵に拷問されて、大怪我《おおけが》をしたまま、村の入り口に捨てられていたことがあった。もしかして、お父さんも同じ目にあっているのだろうか。私は不安で堪《たま》らなかった。

憲兵が来るたびに、私は奥の部屋のクローゼットの中に隠れる。その日も、私はそこにいた。だから何が起きたのかは見てはいない。でも、ずっと音を聴いていた。

ガタン、ガタガタ、ドン。ガシャン!

とても大きな音だった。私は、怖くてそこから動けなかった。

真っ暗なクローゼットの中でどれだけ時間が経ったかわからない。きっとほんの数十分のことだったけど、私には何時間にも長く感じられた。やがて、乱暴に扉がしめられ、靴の音が遠ざかって静かになってから、しばらく待って、クローゼットを出た。居間に向かう廊下、足元に私のお気に入りの、プーさんのカップがぱっくり半分に割れて転がっていた。拾い上げようとしたら、指に触れて細く赤い線ができた。痛くないのに、血が流れてくる。

居間に行くと、プーさんのカップどころじゃない。部屋は無残に荒らされていた。お皿も、鍋も、花瓶も、洋服も、タオルも、家族の写真が入った写真立ても……すべての棚が倒されて中身が床に落とされ、窓ガラスも割られていた。

「……お母さん」

床じゅうに散らかった物の中で、お母さんも壊れたみたいに座りこんで動かない。

私は、言葉を飲んで、その姿を呆然《ぼうぜん》と見つめるしかなかった。指の血は、気づいたら止まっていた。しばらくして、顔をあげることなく、お母さんが言った。

「ここを出よう」

ついさっき、この部屋で一体どんなことがあったのか、お母さんはどんな思いをしたのか。その平坦な声から推し量ることはできなかった。

「出るって……どこに行くの？」

「お父さんのとこ。だから、お母さんと一緒に荷物まとめて」

そう言って、やっと顔をあげたお母さんの頬は赤く腫れていた。

「……うん」

やっと振り絞って答えた私の声は、震えていたかもしれない。

「あの人たちが全部出して行ってくれたから。むしろやりやすい」

そう言ってお母さんはからっと笑ったから、私は少しほっとした。お母さんは大丈夫だ。私たちは大丈夫だ。

でも、今思えば、あれは私のための笑顔で、もしかしたら、自分自身のための笑顔でもあったのかな。どうにか立ち上がるために、精一杯に作った笑顔。そういうお母さんの顔を見たのは、この時だけじゃない。

それから、暗くなるのを待って、私たちはひっそりと家を出た。バスターミナルで一夜を明かした私たちは、朝一番のバスに乗った。きっと、バスに乗り続けた長さで言えば、この村に暮らす子どもの最高記録になったと思う。

そして夜遅く、イスタンブールという大きな街に着くと、駅にお父さんの友達が迎えに来てくれた。私たちと同じ、クルド人だった。私には、見た目だけではクルド人かどうか、はっきりとはわからない。その人をクルド人だと思ったのはクルド語を話したからだ。私はクルド語を話せないし、聞いても理解することはできないけど、発音の響きでクルド語を話しているのだということはわかる。それから、チークキスをされた。頰と頰をくっつけて、キスの音を鳴らす。男の人とのチークキスは、ちくちくの髭《ひげ》が頰に当たるのが嫌だ。どうして気づかないんだろう。（でも、これをすると、なんだか人と人の間にある見えない壁が、消えるみたいに感じるから、本当は小さな頃から結構、好きだ。）

そのクルド人の男の人に連れられて、お母さんと私はイスタンブールの夜の街を歩いた。ここではたくさんの人たちが夜になっても道を行き交っていて、お店の灯りも数えきれないほどだ。街灯に照らされ、雨に濡れた路面がきらりとオレンジに光る。村では見たことがない光景だった。

案内された暗い建物の狭い物置みたいな部屋に、お父さんがいた。お父さんは、いつもと変わらない笑顔だったけれど、右足を怪我しているみたいで、引きずっていた。

本当は駆け寄って、抱きついて泣きたかった。けど、泣かないとお母さんと二人で約束していたから我慢した。そんなことしたら、この三ヵ月ずっと泣いてたみたいだからやめようねって。

「久しぶり。いい子にしてた？」

お父さんの懐かしい声が聞こえて、

そう言って手を見せた。カップの破片で切った指に、絆創膏《ばんそうこう》を貼っていた。

「怪我したけど泣かなかったよ。ね？」

お母さんを巻き込んだ。お母さんは、私がどれだけ我慢強かったか、知っているんだから。

「うん。してた」

「そうね。村で一番、いい子だった」

「偉かったね」

お父さんはそう言うと、いつもみたいに頭を撫でてから、ぎゅっとしてくれる。こうしてもらうために、私は泣かなかったんだ。

その晩は三人でそこに泊まった。眠るときに、お父さんの膝から下にかけて包帯をぐるぐるに巻いているのが見えた。さっき、足を引きずっていたのはこの怪我のせいだろうと思ったけれど、何があったのかは、聞けなかった。

翌朝、私たち家族は空港に向かい、この飛行機に乗った。お父さんと一緒にいる。それだけで、私の心は躍《おど》っていた。

飛行機のなかでは、お父さんはいつもと変わらなかったけど、お母さんはほとんど喋《しゃべ》らなかった。お母さんにとっても、これが初めての飛行機らしい。だから緊張してるんだと思った。しかも、お母さんはうまく耳抜きができなくて、耳が痛い痛いと言って、かわいそうだった。こうやるんだって、お父さんと私がどんなに教えてもできない。

「ぴゅってなるんだ」

「パパ、違う。ぴゅっだよ」

「ぴゅもぴゅも同じだろ」

「違うよ」

「サーリャの耳はちっちゃいから、ぴゅなんだ！」

そう言って耳をくすぐられた。やめてよー！　って、ちょっと大きな声を出した私は、お父さんと顔を見合わせて笑った。やっと、いつもの楽しい時間が戻ってきた。

でもそのとき、お母さんが急に泣き出したので、私もお父さんも驚いた。「うう……うう」って、声を殺すような泣き方だった。憲兵の人たちが来たとき、あんなに怖い思いをしても、お母さんは泣かなかったのに。

「ママの耳がよくなりますように」

私は家でしているように、お祈りをした。両方の手のひらを上に向け、お祈りの言葉を唱えた後に、両手で顔を覆って下へ下ろす動作をする。

いつもはお母さんの言うクルド語のお祈りを真似してるだけだけれど、その時は、自分のわかるトルコ語で祈った。

「ありがとう。サーリャは優しい子だね。きっと神様が見てるよ」

お母さんが微笑《ほほえ》んだ。お母さんは、お祈りとか神様とかが大好きだった。私には、その気持ちはよくわからないけど、お母さんが大切にしてるものは、私も大切にしたいと思っていた。

それから、今度はお母さん自身もクルド語でお祈りを始めた。何を言ったのか、私にはわからない。でも、そのお祈りは、耳のことにしてはあまりに長すぎた。何を祈っていたか、今ならなんとなくわかるような気がする。

長い長いお祈りが終わると、お父さんがお母さんの手に自分の大きな手を重ねる。

お父さんはクルド語でお母さんに何かを言ったあと、

「大丈夫。何も心配はいらないよ」

トルコ語でそう言った。

大丈夫、それはお父さんの口癖だった。この言葉を、私に聞かせるために、トルコ語を使って言ったんだと思う。安心させようとしてくれたんだ。

でもね、私の中をどんなに探しても、不安は存在しなかったよ。

お父さんの言うとおりにすれば、耳だって痛くなくなった。魔法みたいに。

他のことだって、大丈夫に決まってる。

＊

日本に着いて、初めは親戚のアリの家にお世話になった。アリはお父さんより年上で、何年か前から日本に住んでいるらしい。

そこはアパートの一室で、二つの部屋と台所とお風呂がある。アリの奥さんと、三歳、一歳の女の子が一緒に住んでいる。そのうちの一部屋を私たちに貸してもらった。

「家族三人には充分だ」

そうお父さんは言ってたけど、お母さんはびっくりしてた。

トルコで住んでいたのはもっとずっと広い家だったから。でも、私は広さより、他のことが気になっていた。この部屋に入ってからずっと、嗅《か》いだことのない匂いがしている。

「なんの匂い？」

私がそう聞くと、アリが教えてくれた。

「ああ。これは、畳の匂いだよ」

「タタミ？」

「日本の伝統的な敷物。干した植物を編んで、床に敷くんだ」

「へえ……」

「気になる？」

「……うん」

「でも、そのうち慣れちゃうよ」

誰にも言わなかったけど、私の「気になる」は、悪い意味じゃなかった。それは好きな匂いだった。

でも、アリの言うとおり、畳の匂いはいつの間にか感じなくなった。それくらい長い間、私たちはこの部屋で暮らすことになったんだ。お母さんは、私に、すぐに村に帰れると言っていたのに。

何日も何週間も経って、そのうちお父さんが外で仕事をするようになった。いよいよおかしいと気づいた私は、ずっと気になっていたことをようやく聞くことにした。

「ねえ……いつ戻るの？」

「……うん。もう少ししたらね」

お母さんの答えは曖昧《あいまい》だった。

「友達にお土産《みやげ》も買わなくちゃいけないし……」

「お土産は、いらない」

隣で聞いていたお父さんが強く言ったので、私は驚いた。

「どうして。だって……」

「どうしても」

「どうしてもって、どうして」

「やめなさい」

お父さんは見たことのないようなすごい厳しい表情で、怖かった。お父さんとお母さんが何かをクルド語で言い合う。私に聞かせたくない話だから、クルド語を使うのだ。

私は、「どうして」と聞くのはやめることにした。大好きなお父さん、大好きなお母さん。二人の喧嘩《けんか》は見たくなかったから。

二人がクルド語を話すときは、いつも私には秘密のこと。だから私は、知らないうちに、クルド語自体にうっすらと、壁を感じるようになったんだと思う。それは、どんどん厚くなっていったんだ。

お父さんはトルコでは会社をやっていたらしい。お父さんの弟と、二人だけの小さな会社で、詳しいことは私にはわからないけど、羊毛や羊肉を扱うお仕事だと、お母さんは言っていた。

でも、日本では、「カイタイ」という仕事をはじめた。アリたちと同じ、建築関係の仕事だと言っていた。朝の四時くらいに出かけて、「ゲンバ」に行って、夜七時くらいに帰ってくる。

お父さんは毎日、真っ黒に洋服を汚して、疲れ果てて帰ってくる。シャワーを浴びてご飯を食べたらすぐ寝ちゃう。おやすみは日曜日だけ。

大変な仕事をしていることは前と変わらないし、お父さんの笑顔も……変わらない。一緒に居られる時間が、少し短くなっただけ。それだけだって、自分に言い聞かせていた。

私たちより先にこの国に来ていたクルド人たちは、アリの家族の他にもたくさんいて、皆、馴染《なじ》んで何年も暮らしている。この国の言葉を話す人も多かった。でも話せるのは外で働いている男の人たちで、女の人は子どもと家の中にいるから、日本語を覚える機会がない。

しばらくの間、私はお母さんと二人で、家の中にいた。一ヵ月、三ヵ月、半年……時間が経つにつれて、私はこれからずっと、この国で過ごすのだということを悟っていった。

この時まだ私は、東京という地名さえ知らなかった。それより私が先に知ったのは、近くの公園や学校の名前についていた、川口《かわぐち》。

私たちが暮らし始めた場所の名前だった。

*

日本人の男の子が近くに来て、耳元で何かささやいた。

戻っていくと、仲間の男の子たちが大爆笑する。

なんて言われているのかわからない。知りたいようで、知りたくない。良くないことを言われているに決まっていると思った。男の子たちは、それをみていた女の子に怒られている。

ここに来てから、季節が巡って、私は秋から小学校に通い始めた。それまでお母さんと二人でずっと家にいて、たまに近くの地域のボランティアの日本語教室に行くだけだった日々から、ようやく抜け出した。

その時、もう私は六歳になっていた。他の子たちより半年遅れで、小学一年生として川口の市立小学校に入学した。私は学年の途中から入ったけれど、言葉の学習が追いつかない外国人の生徒が、一年とか二年、学年を下げて入ることもよくあるらしい。

当時、その小学校には日本語学級はなかった。中国人や韓国人の子、ハーフの子はいたけれど、日本語がまったく話せない生徒は私しかいなかったのだ。

みんなとお話ししたい。特に、あの、変な男子を怒ってくれる女の子と。その一心で勉強した。

少しずつ言葉がわかるようになって、いいこともたくさんあった。

あの女の子の名前は、あおいちゃん。家も近いことがわかって、一緒に登下校するようになった。隣のクラスだったけど、放課後は、公園で遊んだ。あおいちゃんは優しくて、可愛い。いつも髪を二つに結っている。自分でやってるんだと言って、私の髪の毛を三つ編みにしてくれた。私の髪の毛は波打っていて、みんなと違うけど、ふわふわで気持ちいいって言ってくれて、すごく嬉《うれ》しかった。

いいことがあれば、嫌なこともある。

「変な名前だから、友達になれない！」

「ガイジン！」

「臭い」

夜、眠ろうとすると嫌な言葉ばかりが、頭の中で再生されてしまう。

涙が溢《あふ》れて止まらなくて、濡れた枕がどんどん冷たくなっていった。思い切って起き上がり、部屋を出て、居間に行くと、ちょうどお父さんがトイレから出てきた。

「どうした？　トイレ？」

「ううん。目が覚めちゃって」

お父さんに泣いたことを知られたくないから、あんまり顔を見られなかった。

「そうか……。学校はどう？　友達はできた？」

お父さんが私に心配そうに聞いた。

「うん。いっぱいできたよ。一緒に学校に行ってるんだよ。休み時間、みんなで一輪車に乗って、知らないでしょ、一輪車って？」

わざと元気そうに喋りながら、だんだん堪《こら》えられなくなってきて、泣いてしまった。

お父さんの前では、泣きたくないのに。

「偉いよ、サーリャは。よく頑張《がんば》ってる。大丈夫」

お父さんは私が泣いたことには触れないで、いつもみたいに、頭を撫でて、ぎゅっとしてくれた。泣いて褒《ほ》められたのは初めてだった。だから、この時のことも、忘れられないんだ。

＊

私たち家族が川口で暮らして、十二年が経った。

アリの家は一年ほどで出て、それからは近所のコインランドリーの二階の部屋を間借りして、家族だけで暮らし始めた。コインランドリーの横の、手すりと足場が茶色く錆《さ》びて、側面は蔦《つた》で覆われた階段を上った先に部屋がある。古い建物だけど、部屋の中はリフォームされていて、わりと住みやすい。家賃が安いからここにしたらしいけど、居間の窓の外にはコインランドリーの大きな派手な看板が見えて、正直ちょっと恥ずかしい。だから私は友達を誰もここに呼んだことがない。

場所は、荒川のすぐそばだ。この川が、いつも私の学生生活のそばにあった。

あのままクルドに住んでいたら、学校は隣の村まで山道を一時間歩いて通うはずだったらしい。お父さんが通ったのと、同じ学校に。

身長は七十センチ伸びた。ＪＫ、女子高生ってやつになった。もう化粧だってしたいし友達と買い物に行ったりもしたいお年頃だけれど、高三だから、まずは勉強をしなくちゃいけない。今の私には夢がある。それに向かって勉強を頑張っている。

この十二年の間に、家族のかたちにも変化があった。

まず、妹弟が生まれた。妹のアーリンと弟のロビンだ。二人は、日本生まれだけど、日本の国籍を持っていない。もちろんトルコの国籍もない。日本では、たとえここで出生したとしても日本人の血が流れていなければ、国籍をもらうことができないのだ。二人はそのことを知らない。

ロビンが生まれたとき、お父さんはやっと男の仲間ができた、と喜んでいた。口には出さないけれどよくわかる。ロビンとは一緒に釣りをしたり、私とアーリンには教えられなかったクルド語を教えたりしている。故郷を離れて以来失っていた何かを取り戻すように、ロビンには期待を込めているように見える。

この十二年、解体の仕事を続けたお父さんは日に焼けて、肩や腕には筋肉がもりもりとついている。相変わらず毎晩真っ黒に汚れた格好で帰ってきては、ご飯を食べてお酒をたくさん飲んで寝る日々だ。解体作業に使うための重機や、危険物取扱者の資格も取得した。今は、現場のリーダーを任せられている。もともとリーダー気質だから、周囲にいるクルド人のなかでも、一番と言っても良いくらい、日本語が話せるようになっていた。でも現場で覚えただけだから、読み書きはできない。

私は小学校からずっと日本語だから、同級生と変わらないくらいに話せるし、読み書きも問題ない。そして、相変わらず、クルド語を話すことはできない。

私はゼロから日本語を学ぶことにいっぱいいっぱいだったし、お父さんも生活するためにいっぱいいっぱいだった。それでも頑張れば、クルド語を学ぶ時間を作ることができたかもしれない。でも私はしなかった。

私たちがここに来た時よりも、周りのクルド人はさらに増えた。トルコで暮らしていけなくなったクルド人たちが親戚や伝手《つて》を頼り、どんどん集まってきたからだ。とにかく故郷を離れてどこかに行かなければいけなかった、私の家族のような人たちも多いみたいだ。

同じクルド人でも、それぞれに違う事情がある。でも、みんな安心して暮らせる場所を求めて、この場所に流れ着いた。それは共通していると思う。

日本に住み始めて二年目の夏、お父さんがキャンプに行こうと言った。行き先は、川口と同じ埼玉県の秩父《ちちぶ》。初めて二時間以上も電車に乗った。駅から歩いて、河原へ行った。周りは山に囲まれている。ごろごろと転がる河原の石の上を歩いて行くと、日の光を反射して、きらりと輝く幅の広い川にたどり着いた。流れる水は何も混じっていないかのように透明で、川の底までよく見える。

流れが速いから、泳げるような川じゃないけど、私は足を入れて、魚を探す。お父さんは釣りを始めた。メインイベントは、ケバブを焼いて食べることだった。羊の肉は前の日の夜に下味をつけてお母さんがタッパーに入れて用意してきた。お父さんが河原でコンロに火をつけて、串に刺してどんどん焼く。たくさん食べて、そして、カセットテープでクルドの曲を聴きながら、踊りを教えてもらった。

お父さんとお母さんに挟まれて、手を取り合って、小指と小指を絡めて、左右の足を前後に上げてステップを踏みながら、ぐるぐると回る。すごく楽しくて、私はこの踊りを踊ることが好きだった。

それから、夏になると、毎年家族でキャンプに行くことが恒例になった。

秩父は、私が生まれた場所に、少し似ているらしい。山があって川があって、石がたくさんあるところが似ているのだと、そうお父さんが言っていた。

ここは荒川の源流で、川口の家の前を流れる川と繋がっていると教わったけど、とても同じ川とは思えないほど澄んでいる。この川はどこであんなに濁ってしまうんだろう。

きっと、この世の陸地に居場所のない、いろんなものが川に流れこんで、あの場所まで流れてきている。だから、あんなに濃く濁ってしまうんだ。

クルド人の友は山だけ。お父さんはよくそう言った。クルド人の間で言い伝えられている言葉だという。その言葉通り、お父さんは山をとても愛している。幼かった私にも、お父さんはクルドの歴史をよく話してくれた。

「クルドは千年以上も前から、故郷の山で暮らしてきた。戦争の後、自分たちはバラバラの国に分けられた。でも、クルド人は、国がない他のどんな民族よりもいっぱいいるんだ。国がないから、自分たちで自分たちの暮らす土地を守ってきた。俺の家族も、戦った。日本の広島、長崎のことは学校で勉強したか？　イラクのクルド自治区ハラブジャでは原子爆弾と同じように化学兵器で攻撃を受けたんだ。俺はクルド人に生まれたことを誇りに思う。クルド人だから、クルド語も覚えなくっちゃいけない。国を持たない俺たちにとって、クルド語がどんなに大切なものか。サーリャにも、きっといつかわかる日が来るよ」

クルドの話をするときにはいつも、お父さんの瞳の奥に炎が燃える。

私はその火を目にすると、すごく眩《まぶ》しい。お父さんの目をまっすぐ見たいのに、目を開けていられないくらいに眩しくて、私は目を合わせることができない。こんなに眩しいのに、それはずっと遠くにあるような気がする。

自分の中には、その火の種さえない、あるとき私は、そう気がついてしまった。その種が自分にも欲しいかと聞かれても、正直わからない。私だってクルド人なんだから、いつか私の中にも、火がつくのかもしれない。でも、お父さんには絶対に言えないけど、心の隅っこで思ってしまった。今の私は、自分に同じ火がつくことを、強く望んでない。

そんな気持ちが伝わったのかもしれない。いつの間にか、お父さんはクルドの話を私にすることをやめた。

頭ではわかっている。お父さんにとって、山と川に囲まれた秩父は、クルドの民族、そして故郷につながる場所だと。
私は、山だけが友達、じゃない。他にも、友達はたくさんいるから。
でも、秩父は私もとても好きな場所。
私にとっては、家族の場所だ。

＊

私は、川口で育ち、たくさんの人に出会った。友達もたくさんできた。日本人はもちろん、小学校や中学校にはハーフの子や、韓国系や中国系の子もいた。でも私ほど外見が他のみんなと違う子はいなかった。

今、妹のアーリンは中一で、弟のロビンは小一だ。二人とも可愛いけれど、それなりに面倒くさい。特にアーリンは絶賛反抗期だ。まず、他のクルド人とは口を利かない。日本生まれのアーリンはそもそもトルコ語もクルド語もわからないせいもあるけど、日本語がわかるクルド人とも話さない。ご飯も、クルド料理は口に合わない、とか言って、自分でコンビニで買ってきたものを食べている。家族で毎晩一緒にとる夕飯はしっかりとぜんぶ食べているくせに、と思うけれど、そんな風に自分の意思をお父さんにぶつけるアーリンが、私は少し羨《うらや》ましい。

アーリンはわがままだけど、運動が得意で、今は中学のダンス部で頑張っている。アーリンの顔は、どちらかというとお父さんに似ている。でも、本人は絶対に認めたくないみたいだ。私よりも髪のウェーブがきつい。いつもぎゅっと縛って、あほ毛を気にしているのは、私と一緒だ。

弟のロビンは、まだまだ小さい。すごく人見知りで、いつも一人で遊んでいる。ゲーム機を渡しておけばいつまでもやっていられるくらい、ゲームにハマってる。一昨年、お母さんがいなくなって、よりゲームにのめり込んでいった。

お母さんは、私にとって、唯一、なんでも言える存在だった。

本当は、ぜんぜんわかってなかったかもしれない。でも、私の気持ちにいつも寄り添って、私の意思を大切にしてくれた。お父さんに言えないことも、お母さんには話していた。

週末に、お母さんとショッピングモールに買い物に行くのがすごく楽しかった。アーリンが一緒に行って、高い服を買いたがったりしてもお母さんは怒らない。ごめんね、今はお金がないから、いつかね、となだめていた。アーリンは、ウソつき！　今買わなきゃなくなっちゃうじゃん！とか言って激怒するけど、最後にフードコートでミスドのポン・デ・リングを食べれば機嫌は直った。それもぜんぶお母さんはわかってて、回るコースを考えていたに違いない。たまにドーナツ一個百円の時があるから、その時は、必ず連れていってくれた。中学二年の頃、お父さんに秘密で、こっそりとヘアアイロンをプレゼントしてくれたのもお母さんだ。私が悩んでいることを、言わなくたってわかっていた。

でも、二年前の春からお母さんの体調が優れず、朝起きても動けない日が増えた。食事をとるのも辛そうで、どちらかというとぽっちゃりしていたお母さんが、どんどん痩せていく姿を見るのは、耐えられなかった。乳がんだった。現代の医学では治らない病気ではないのに、お金がもったいないから、と言ってずっと病院に行かなかった。検査だけで、家のお金の多くを使ってしまったからと。お母さんは次第に痛みで苦しみ眠れなくなり、喋ることもできなくなり、いつもの笑顔が見られなくなった。半年後、お父さんが無理矢理病院に連れて行った時には、違う場所にも転移していて、もう手遅れだと言われた。

痛み止めのモルヒネをもらって、家で家族が見守るなか、眠るように亡くなった。日本で葬式をして、遺体はトルコに返した。向こうに残してきたお母さんの家族によって、埋葬された。家族との十年ぶりの再会がこんな形になるなんて、誰も思っていなかっただろう。

難民は、治らない病気みたいだってお母さんはよく言ってた。

でも、治るはずの病気で、お母さんは亡くなってしまった。

そもそもどうして、私たちはトルコにいられなくなったのか。

お父さんが、故郷にいられなくなったのは、クルドの自由のために声をあげたから、と言っていた。デモに参加して、憲兵に捕まって、拷問を受けたのだ、と。それ以上の詳しいことは、知らなかったし、聞かなかった。

私たちは日本に来た年に難民申請を始めた。だから、難民申請歴・十二年。でもこれまでに、日本で難民として認められたトルコ国籍のクルド人は、一人もいない。

みんなが持っているマイナンバーカードみたいな、私の身分証である在留カードには、「特定活動」と書かれてる。難民申請中だから、その時にだけ与えられるビザ（在留資格）だ。特定活動中の私たちは、半年に一度、決められた日に東京出入国在留管理局（入管）に面接に行って在留資格の期間を更新しなくてはいけない。更新の期間は人によって異なる。お父さんは働くことも許されている。税金ももちろん払っていて、国民健康保険にも入ることができる。子どもは学校に行くこともできる。

私たちの不安は、いつか難民申請が不認定になってしまうのではないか、ということだ。不認定になると、ビザはなくなり、日本に住むことができなくなる。日本に暮らす親戚たちや他のクルド人たち、みんなが恐れているのはそれだ。不認定になり、入管に二年以上収容されている親戚もいる。強制送還されて、祖国の空港からすぐに刑務所に送られてしまった人もいる。スマホのなかにクルド人反政府勢力のリーダーの写真を持っていただけで、その一員だとされてしまったという。

今、日本に暮らしているクルド人は二千人くらいいる。たとえ難民として認められなくても、私たちはトルコに帰るわけにはいかない。いつか難民と認められて日本で安心して生活できる日が来るのだと希望を持ち続けて、待ち続けている。

その答えを決めるのは誰なんだろう。

2

「若い頃のファトマにそっくりだね」

「お母さんが生きて帰ってきたようだね」

私がそう言われるたびに、隣でお父さんが目を細めていることを知っていた。その表情を見たくなくなったのはいつからだろう。見ないようにしていても、頭にはっきりとお父さんの喜ぶ顔が浮かんでしまう。

お母さんと重ねられるのが、嫌だ。たとえ、大好きなお母さんであったとしても。

私は、どうしたってお母さんにはなれないし、なりたくない。

こんなことを考えているなんて、お父さんが知ったらどう思うだろう。自分の思いのたけをそのまま全部投げつけたら、きっと、あの優しい顔をひどく歪ませるんだろう。その顔を頭のなかで思い浮かべて、ハンマーで打ち砕く。石のように顔がぼろ、ぼろ、と崩れ落ちると、ふたたび、目を細めたお父さんの顔が現れる。やっぱりこの顔だよね。頭の中で、私だけに聞こえる声が呟《つぶや》いた。

重ねられたくないという思いとは裏腹に、見た目はどんどん似てくるように感じる。今日も私は、お母さんのお下がりの、赤、黄、緑が混じった生地に、小さな花が咲いている民族衣装を着ている。

私たちは親戚の結婚式に来ていた。去年、他の親戚の結婚式にこれを着ずに行った時、お父さんがとても悲しそうだったのを覚えている。

お母さんが亡くなった一年半前から、私にとって民族衣装は鎧《よろい》のように重くなった。

心に嘘をつくほどに、出口のない霧の中に入ったような気持ちになった。

こんなに気が重くても、音楽にあわせて踊れば楽しい気持ちになる。お父さん、お母さん、そしてロビンとアーリン（今じゃあ絶対に踊らないけど）とキャンプ場で踊った記憶が蘇《よみがえ》って、幸せな気持ちになる。

クルド人の結婚式には、いつも多くの人々が集まってくる。

場所は公民館や、野外の解体資材置場でやることが多い。今は五月で緑が気持ちいいからと、さいたま市の公園を借りて行うことになった。スピーカーから爆音の音楽を流すから、広くて、周りに人が少ないところでなくてはいけない。

日本の結婚式は、呼ばれた人だけが来て座って祝うそうだけれど、クルド人たちは、多いときは、二百人以上も、知らない人にも声を掛け合って集まる。

結婚式のメインイベントは、とにかく踊ること。

みんなで大きな輪になって踊るのが習わしだ。そして、クルド語で歌われる音楽に合わせて何時間も踊り続ける。三時間、四時間なんて当たり前で、いくら踊っても、みんな全然疲れない。クルド人は、踊ることを愛しているから。

今、ここにいる人はみんなクルド人だ。新郎は遠い親戚だけれど、全員が親戚みたいなものだ。新婦は十八歳で、私とひとつしか歳が変わらない。

結婚式は二日にわたって行われている。今日はその二日目だった。

お父さんが踊りの輪から少し離れた木の下にいて、アーリンと話している。アーリンは民族衣装も着ないし、踊りもしない。でも今日は親戚の結婚式だからと、無理に連れてきたのだ。

アーリンはお父さんが差し伸べた手を無視して、スマホから顔を上げようともしない。私には、あんなことはできない。

顔を曇らせたお父さんがダンスの輪に戻ってくる。

「大丈夫?」

と聞くと、言葉なく首を振る。アーリンのこととなると、いつもは大きなお父さんが、急に空気が抜けたかのように、小さく見える。

子どもたちと遊ぶロビンを呼んで、お父さんと三人で手を取って踊る。アーリンは、イヤホンまでして、こちらを見てもいない。そう思った時、少し顔を上げて目が合った。いつもと同じ、私への批判的な視線だ。なんでバカみたいに踊ってんの?とでも言いたげだ。私はすぐに目を背けた。目を背けた先に、幸せそうに踊る新郎新婦がいる。外国の映画のスクリーンの中の一コマみたいだ、と思う。私はポップコーンを食べながら見てる観客のひとり。

「次はあなたの番ね」

隣に来た親戚のロナヒの言葉で、突然にスクリーンが引き剝《は》がされる。

「結婚式には私のドレス貸すわよ」

とロナヒが微笑みかけると、隣で聞いていたお父さんが、

「母さんのドレスがあるから」

と言う。私はその顔を見ていないけど、きっとまた、嬉しそうに目を細めているのだろう。

ロナヒは三十代で、母方のいとこだ。私たちの後に日本に来て、日本でクルド人と結婚して、二人の子どもを産んだ。今も私たちの家の近くに住んでいる。彼女はクルド人ならば当然、クルド人と結婚して子どもを持つべきだと考えて疑わないのだろう。

私も、新郎新婦と同じ舞台の上にいるのだ。そう思うと、急に周囲の男の人たちの視線を感じる。自分が品定めされているような気持ちになる。

新郎新婦の親族はみんな、手を赤く染めている。赤というより、ざくろに近い色だ。女性は手のひらに、男性は小指に、ヘナという染料を塗って拳《こぶし》を握って、靴下を手に被せて一晩寝る。夜が明ける頃に染料を水で洗い流すと、手が赤く染まっている。男性側の親族が、新婦を迎えるために塗るのだと、聞いたことがあるけれど、お祝いの印だから、塗りたい人は誰でも塗っていいらしく、今日は多くの人が手を赤く染めている。

みんなの赤色の手と、私の赤色とは同じはず。それなのに、自分の色だけが違う気がする。私だけ、本物じゃないみたいに思えてしまう。

夜まで続いた結婚式の後は、家族四人でバスに乗って帰った。

今、このバスに乗っているのは、私たち以外はきっとみんな日本人だ。バスは満席で、私は吊り革につかまって通路に立つ。誰も話もしない静かなバスの車内に、アナウンスが次の停留所を伝える。

一人で派手なドレスを着ているから、私は周りの目を気にしてしまう。みんな見てないようで、ちらちらと視線を感じる。それに気がついたお父さんが言う。

「気にするな。大丈夫だから」

小さい頃は、いつもお父さんの言葉がお守りだった。

でも、今はその言葉を心から信じることができないんだ。

暗くなった窓の外を、街の景色が流れてゆく。たくさんの車。歩く人。自転車に乗る人。大きな看板。街灯。ショッピングモールの光。アパートの部屋の光。

ここに生きている人たちの営《いとな》みを伝える、光たち。次々と通り過ぎていくけれど、でも確かに、ここにある。

ここにはたくさんの身体があって、その数の倍の眼があって、それぞれに見える色があって、誰もが毎日を生きている。

窓に映る自分と目が合う。

あなたは私を、何人だと思いますか。

私は——

＊

朝早く、お父さんは私たちの部屋の前を通って、玄関のドアを開けて出かけていく。

出勤前に、玄関前にあるベランダに置かれているオリーブの樹に、必ず水をあげていく。お父さんがすごく大事にしているもの。

水やりを終えると、コツ、コツ、コツ、とアパートの階段を降りていく足音が響く。解体現場用のごつい作業靴だから、より一層、靴音が大きく感じられる。徐々に遠ざかって、消えていく。お父さんが出かけたことを確認すると、私はアーリンを起こさないように部屋を抜け出し、洗面所に行く。

水色のシンクに残っている、黒い点々はお父さんの剃った髭だ。もじゃもじゃに生えてるようだけど、お父さんなりに、形を整えてデザインしているらしいことを、この点々が教えてくれる。

たまに、歯ブラシにまで髭がついていることもある。どうしてこんなにシンクを汚しているのに見えないのか。お父さんには、見えてないものが多いんだ。服にこぼした食べかすも気づかないまま、一日中だって平気で付けっ放しだ。どうしてそんなに鈍感でいられるのか不思議に思うけど、本人に伝えたって直らない。よくお母さんとも喧嘩していたけど、この癖は今でも直ってない。だから、私は黙って黒い点々を水に流す。

それから、シンクの上の戸棚に隠しているヘアアイロンを出す。二枚の鉄の板で、ウェーブのかかった髪の毛を挟み、ジリジリと引き伸ばす。そうして髪が真っ直ぐになると、私の気持ちは晴れてゆく。

自分の髭の跡を娘が片付けていることには気づいてなくても、お父さんはきっと、私のヘアアイロンの存在を知っているだろう。

それでも、私はお父さんがいる前では、アイロンをかけない。お父さんは私の生まれ持った、このウェーブした髪が好きだから。お母さんに似た、美しいウェーブだといつも言う。でも、私がみんなと違う自分の髪を気にしていることに、お母さんは気がついてた。だから私の誕生日に「お父さんには秘密だけど」とこのヘアアイロンを買ってくれたのだ。

お父さんは、出かけるのが誰よりも早い。それでも、私とアーリンとロビン、三人分の朝ごはんを必ず用意していく。自分一人で着替えて学校の支度もできるようになったロビンと一緒に今日の朝食を食べる。お父さんが焼いた薄いパンと、家で作ったヨーグルトだ。

私たちが食べ終える頃、アーリンはやっと起きてきたと思ったら、パンだけ食べて、ヨーグルトは冷蔵庫の中のタッパーに戻す。最近はずっとこうだ。手づくりのヨーグルトが嫌いだと言う。

「お父さんにいらないって言いなよ」

私はアーリンの方を見もせずに言った。

「やだ。怒られる。めんどくさい。お姉ちゃん言っといて」

「やだよ。私が怒られる」

「じゃあ言わない」

私は食べる手を止めて、初めてアーリンを見て言う。

「いい加減にしてよ」

彼女は私の視線とはあべこべなほうを見ながらつぶやく。

「あーその言い方、お母さんそっくり」

「…………」

この言葉で、私が黙ることを知っている。私は、静かにまた食べ始める。そのうちにアーリンは何も言わずに出かけていった。

食器を洗っていて気がついた。私の手のひらが、赤いままだってことを。昨日の結婚式からそのままだった。

ごしごしと力を入れて洗う。なんだって落ちる食器用の洗剤を使っても、この赤色は落ちなかった。

＊

おいー。きゃあ。やだー。待ってー。うぇーい。三階の教室横のベランダにはいろんな声が集まってくる。高校中の、いろんなクラスから漏れて響く声。

「おつかれー！」

日本史の小テストが終わったことを祝って、紙パックのジュースで、しーちゃんとまなみと乾杯する。私は赤い手のひらに気づかれないよう、袖のなかに手を引っ込めたり、隠すことばっかり考えていた。

「さっちゃん、問四って、マルだよね？」

と、しーちゃんが私に言う。

「あーあれ、引っ掛けだよ。バツにした」

私が答えると、小さなピンクの鏡を見て、さらさらの前髪の隙間《すきま》を直しながら、まなみが、間違えてんのーと言って、きゃははと笑う。

「はあ？　まじかあ。引っ掛けんなよー」

しーちゃんがむくれる。

このベランダが、いつも私たち三人の陣地になっている。授業と授業の合間に過ごす場所として、ここが、私たちのお気に入りだ。クラスでは自分の席の周りや廊下や、中庭など、それぞれのグループが自分の陣地を持っていた。

小柄なしーちゃんは一年の時から同じクラスだ。最初は席が近くだったから仲良くなって、同じバドミントン部に入った。結局、二人とも辞めちゃったけど、それ以来、ずっと、一緒にいる。まなみとは三年生になって初めて同じクラスになった。まなみも、しーちゃんと同じくらい小柄で、アイドルにいそうなくらい可愛い見た目だから、入学した時から学校のなかではちょっとした有名人だ。

この二人といると、いつもどうでもいいことで笑っていられる。こんな友達ができる未来があることを、まだ言葉もわからなかった時の自分に教えてあげたいな、と思う。

小学生の時はいつも一人で、休み時間が長く感じられて堪らなかった。みんな当たり前のように、自分の仲間をつくって遊んでいるけど、私は何をしたら良いのかわからなかった。間違った日本語を使うと笑われて馬鹿にされて、自分から話しかける勇気はなくなっていった。授業でグループ分けがあるといつも一人余ってしまったし、友達のグループに、どうやったら入れてもらえるのか、言葉もうまく使えず、自分から話しかけることができなかった。一人ぼっちで、自分が存在してないみたいに感じた。だから私は、すごく頑張って日本語を勉強したんだ。

最初に友達になったあおいちゃんは転校してしまったけど、日本語を他の子と同じくらい話せるようになってからの中学、高校では、友達ができた。わざわざ他のクラスからラインを聞きにきてくれたのが、まなみだった。可愛らしいまなみから、「さっちゃん綺麗だから友達になりたい」と言われて、素直に嬉しかった。三年生になって初めて同じクラスになった時には、私もまなみも学校中に響くんじゃないかってくらいに喜んで叫んで、先生に怒られた。

きらきらしたポーチから、まなみがリップをだす。リップを塗るのは、いつも、放課後にデートに行く日だ。まなみは隣のクラスのとも君と一年の時から付き合っていて、学校の有名カップル。とも君はサッカー部のエースで、いわゆる一軍、スクールカーストのトップってやつだ。

「今日もおデートですか？」

しーちゃんが、力の抜けた声で聞く。興味があるのにないふりをしているようだった。

「うん。お家デート」

「家!?　はい無理ーないわー！　ね、さっちゃん？」

有無を言わせず同意を求められ、私も、本音で答える。

「うん。ぜんぜん無理」

いや、それはぜっっっったい二人のほうがおかしいよーとまなみが笑う。リップを塗って、ピンクのぷっくりしたまなみの唇は、真っ白の肌に桜の花が咲いているみたい。これ以上ないくらいに、まなみの可憐《かれん》さが伝わる。モテるよね、と思う。

共学の公立高校だから、カップルは珍しくない。しーちゃんは、K－POPを愛していて、学校の男子には興味なさそう。だけど、お兄ちゃんがいるし、仲が良い男友達も普通にいて、一緒に遊びに行ったりもしてる。

私は男の子と付き合ったことはないし、男友達もいない。高校に入ってから何度か、男の子の同級生や先輩にラインを聞かれたり勝手に教えられたりして、映画とか、地元のお祭りに行こうと誘われたことはあった。でも、いつも断ってしまった。

私は、男子が嫌いというよりも、怖い。高校の廊下ですれ違う時も、男の子がいると視線をずらして、下を見て歩く。

小学生の時に、乱暴な男子に追い回されたり、叩かれたり蹴られたりしたのが忘れられない。突然、階段で後ろから蹴られて、転げ落ちて、病院に行くほどの大怪我をしたこともある。身体も痛かったし、心も痛かった。すごく痛かった。

私が外国人で、見た目が違うせいで、ガイジンとか、ガイジン菌って言われていじめられた。小さい時は、やり返す力もなかった。言い返す言葉さえ知らなかった。だから毎日頑張って、言葉を覚えて、負けないくらい勉強もした。女の子の友達ができて、成績も上がると、やられることはなくなった。それでも、今でも、男子たちは自分とはぜんぜん違う人間だとしか思えない。

あの男の子たちも、悪気はなかっただろう。今は私を蹴った子の顔も名前も覚えてないし、恨んでもいない。きっと向こうも覚えてないだろう。でも、私の本能にはきっちりと傷跡が残っていて、男の子を避けてしまう。

男の子と仲良く一対一の関係を続けられている、まなみのことが羨ましい、というよりも素直に尊敬する。まなみはとも君と、どんな時間を重ねてきたんだろう。二人で同じものを見て、感じた気持ちを伝え合って、相手を人として好きだと思う。触れたい、触れてほしいって思う。それってどんな感じなんだろう。

でも、今、こうして休み時間にしーちゃんとまなみと、このベランダにいることができるだけで、私には充分すぎる幸せだな、と思う。

考えていると、急にまなみの顔が接近してきて、びくっと驚く。ぜんぶ見透かしてるみたいな、ガラス玉みたいに透明できらきらの澄んだ目が私の顔を覗《のぞ》き込んで、まつげに触れて、にこっと笑う。

「さっちゃんのまつげ、分けてほしい！」

まなみはよくそう言う。でも、私はまなみとしーちゃんの、さらさらの髪が欲しい。

これは声にはしない、声。毎朝時間をかけて、お父さんに秘密でアイロンで髪を伸ばしているけど、やっぱり午後には元のくせが出てきてしまう。私はただ、あはは、まつげ、長いかなあ、と笑うだけ。

「マジ、ドイツ人しか勝たん！」

と、まなみが言う。これは、いつものノリが始まる合図なんだ。「そいつ？」「こいつ？」と、二人が言い合って、私が「どいつ」と答える。すると二人は急に無視するから、私が「無視すんな」と怒る。それで、二人が笑うところまでが、いつもの流れだ。いつの間にか三人の間でできてた、内輪のネタ。

私は、このネタが好きじゃない。正直、すごく好きじゃない。

だって何も面白くないからさ。

私は嘘をついてる。自分が、ドイツ人だって。

大切な二人にも、自分のことをすべては、伝えられてないんだ。

私が本当はクルド人であること。生まれた国から逃げてきた難民申請者であること。嘘は嫌だけれど、本当のことを伝えてしまって、三人の心地良い関係が崩れることが怖い。二人はまだけらけらと笑ってる。二人が楽しいなら、別にいいんだ。いい関係でいられているからこそ、この二人に深刻な事情を話して、わからない世界だと思って引かれたくない。

私は、ただ、この普通の時間を守りたいんだ。私たちのベランダの安全な時間を。

ふわっとやさしい風が吹いてきて、まなみのボブと、しーちゃんのショートの黒髪がさらりと揺れた。

無理矢理まっすぐにして、ぎちぎちにしばった私の髪は今、どんなだろう。手を髪にやった。

＊

ワレワレハ宇宙人ダ。ワレワレハ宇宙人ダ。ワレワレハ宇宙人ダ。ロビンが喉を叩き、変な声で何度も練習していた。アーリンが「もっと高いほうが良い」とか真剣にダメ出しをして、謎の宇宙人クオリティを追求していた。いつもならすぐ喧嘩になるのに、仲良く練習していて、二人ともバカだなあと笑って見ていた。

その数日後、ロビンの通う小学校の小向悠子《こむかいゆうこ》先生から話がしたいと連絡があった。

ロビンの担任は、私が同じ小学校に入学した時に担任してくれた悠子先生だった。話の内容は気になったけど、私は久しぶりに悠子先生に会えることが嬉しくて、ちょっと浮かれ気味で小学校に行った。悠子先生は、ずっと私の憧《あこが》れの人だ。

私が一人でいた時に、先生はいつも声をかけてくれた。当時はまだ大学を出たばかりで、すごく優しい人だった。悠子先生は、日本語学級を作って、放課後に特別に授業をしてくれた。私が早く日本語を覚えられるようにと、先生もトルコ語を勉強して、色んな言葉の言い換えをプリントにまとめて、教えてくれたんだ。それから、私の下手な日本語をからかったり、暴力をふるったりした男の子を叱って私に謝らせてくれ、家にまで行って、その男の子のお母さんに、やめさせるようにと話してくれたこともあった。

「先生と同じS大学に行くのが、ずっと私の目標なんです」

昔と変わらない廊下を歩きながら、先生に伝えると、嬉しいなあってぱっと大好きな笑顔が咲いたから、私も嬉しくなった。

辛い思い出もあるけど、それを上回るものがこの場所で得られたことを思い返していた。


生徒が帰ったあとの、がらんとした教室では、先にお父さんが待っていた。その横に座り、先生と向き合う。先生は笑顔を消して、心配そうな表情で話し出した。

「ロビン君、おうちではたくさんお話ししますか？」

私たちが意味を捉えかねていると、

「学校では、ほとんど口を開かないんです」

思いがけない言葉に、私とお父さんは目を合わせて、固まってしまった。先生は続ける。

「授業で指されれば答えるんですけど、クラスメイトとはお話ししないんです」

私の中に、じわりじわりと、嫌な記憶が逆流してきていた。

「いじめですか」

それは、頭の中で抑えられずに、しっかりと声になっていた。

お父さんが、私を気にしている。でも先生はまっすぐ私を見て、首を横に振り、経緯を話してくれた。いじめだとは思っていないこと。暴力を振るわれたり、いじめられたりしたことはないと本人が言っていること。自分もそれは嘘だと思わないこと。

でも、ロビンはいつも一人でいること。どう見てもクラスメイトとうまくいっていないこと。

「嘘つき、と呼ばれているみたいです」

そのきっかけは、ロビンが「自分は宇宙人だ」とみんなに言ったから、だと、先生は言った。

私ははっとした。お父さんは、どう思っただろう。表情からは、何も窺《うかが》えない。

面談が終わって校舎を出ると、グラウンドで待っていたロビンは、みんながサッカーで遊ぶ傍《そば》で、一人きりで鉄棒をしていた。

「どうして、宇宙人って言ったの？」

帰り道、ロビンとお父さんと三人で歩いているとき、お父さんが我慢できなくなったように聞いた。

ロビンは俯《うつむ》いて、

「おまえは何人だって聞かれたから」

とだけ答えた。

「わからなかったんだよね」

と、私が言うと、ロビンは小さく頷《うなず》く。日本で生まれて育ったロビンが、わからないのは当然だった。

「胸を張って、クルド人って言えばいい。でしょ？」

お父さんは、当然お前はわかるだろう、と言うように私に目を向けた。

「うん」

嘘だった。私も言えなかった。クルド人だと言っても、誰にもわからないし、自分だってどう説明したらいいかわからない。

そのとき、目の前を小さな石がころころころ、と転がっていった。ロビンが蹴った石だった。お父さんのほうに転がっていく。それを見たお父さんは、厳しい表情が割れて、ふっとやさしい笑顔になる。しゃがんで石を手にとって、懐かしそうに眺めた。

「俺も、よく石を蹴りながら学校から帰ったよ。クルドにはたくさん石があるんだ。この石も、クルドの石も変わらない」

「これも？」

と、ロビンが聞く。

「そう。どの国も石は同じ、どこにいても、クルドはここにあるんだよ」

お父さんはそう言うと、厚い胸を叩いた。

そして、ロビンにその石を渡した。ロビンはそのゴツゴツとした石を、大切そうに見ていた。

お父さんの言葉が、私にはまだはっきりと摑《つか》みとれない。でも、まるでわからないわけじゃなかった。すごく大事なことだと思ったんだ。きっとロビンも。

コンクリートの通学路で、親子三人で見えない故郷を見ようとしていた。

3

私の家の近くの大きな川の向こう側は東京で、こちら側と繋ぐのは、歩いて渡るには大きすぎる橋。

自転車を買ってもらったとき、お父さんにもお母さんにも秘密で、初めて橋を渡ったんだ。

私は、ものすごく、自由だった。

自転車は、私を遠くに連れて行ってくれる。私の翼だった。

＊

荒川には埼玉と東京を結ぶ橋が掛かっている。その橋は、八百メートル近く、荒川の水面から生えた何本もの太い柱に支えられ、揺るぎなく、どっしりとそびえたっている。

橋の上は、いつも多くの車が行き交って、しゃー、がたん、ごとん！ と轟音《ごうおん》が絶えることはない。四車線が走り、交通量はとても多い。工場地帯だから、物流のトラックが昼も夜も通る。

車道の脇には自転車が二台通れるかどうかくらいの狭い歩道がある。私はそこを自転車で渡ってゆく。白いフレームの自転車で、ハンドルとサドルはキャメル色。一目惚れして、自分で選んだ色だ。

この自転車は、中学生になった時にお祝いで買ってもらった。高校にも毎朝乗って通っているし、どこに行くのもこの自転車で行く。私にとっては相棒みたいな、とても大切な存在だ。

大型トラックのすぐ隣を走るのは、うるさいし、排気ガス臭いけど、強い風に吹かれながら県境の川を越えていくとき、私は大きな力を得たような気持ちになる。

今、自分の進む道のハンドルを握っているのは、他の誰でもない私なのだと。


高校の友達はみんな県内から来ているし、クルド人の親戚もみんな埼玉に暮らしている。一人も知り合いがいないことが、私が東京に行く一番大きな理由だ。

荒川を渡って東京側に来て、当てもなく自転車に乗って彷徨《さまよ》うことが好きだった。この辺りは北区になる。北区の赤羽《あかばね》には、賑《にぎ》やかな飲み屋街があった。自転車を停めて、歩いてみたこともある。たくさん並ぶ赤提灯《あかちょうちん》の下、まだ夕方なのに、多くの人が集まってお酒を飲んで酔っ払っていて。私の思い描いていた東京とはまったく違う姿だったけれど、新しい世界があった。

橋を渡って、川を越えるだけで、こんなに違う。

まだまだ私はいろんな境を越えて、知らない世界に出会えると思った。

ここじゃないどこかに、いつか行く日がやって来ることを想像して、興奮した。

そんなふうに赤羽を歩き回っていて見つけたのが、今私がバイトしているコンビニ、Ｙマートだった。荒川からは五分くらい自転車を漕《こ》いだところにある。駅からは離れているけれど近くに図書館や病院があって、人通りは多い場所だ。

その店先に貼ってあったアルバイト店員募集のチラシを見て、高校生でも時給が千円を超えていることに驚いた。うちの近所では、九百円台だから。東京と埼玉では決められている最低時給額が違うらしい。川を越えるだけで、給料まで変わることは知らなかった。

それに、私は誰も知っている人がいないところで、バイトがしたかった。お父さんは私が働くのを許さないに決まっている。バドミントン部を辞めた理由を、しーちゃんたちには母が亡くなったせいにして、このバイトを始めた。家族には、まだ、部活を続けていることにしている。

小さな嘘をまた一つ、積み上げてしまった。


バイト先のYマートは、オレンジと青のラインがトレードマークのフランチャイズ店で、お弁当やサンドイッチなどは店内で調理して販売する。私はこの春からここで、週に三日ほど、放課後四時半から七時までシフトに入っている。

「いらっしゃいませえ！」

店のドアが開くたび、太田《おおた》店長の声が、広くはない店内に響き渡る。この店のオーナーである店長は、五十代くらいの男性だ。いつもシャツはパリッとアイロンがけされたものを着て、整った短髪で清潔感がある。清潔第一、といつも言いながら、この店を取り仕切っている。

バイトは初めてだったから、面接の時はとても緊張した。履歴書と学生証、それから在留カードを店長に見せた。在留カードには私の国籍はトルコだと書いてあるけど、カードを見ただけでは、難民申請中だということはわからない。お父さんの仕事の関係で日本に来た、と嘘をついてしまった。本当のことを話したら採用してもらえないと思ったし、誰にも話していないことだったから言えなかった。あまり深掘りされず、どうして埼玉に住んでいるのに東京で働くのかとか、週に何日働けるかとか、それくらいの話で面接は終わった。数日後に採用の電話が来たとき、私は自分の力で社会に出られることが心から嬉しかった。それから働き始めて、ひと月と少し経った。

店長は、いつもいろんなクイズを出したりギャグを言ったりして、まだ仕事に慣れていない私の緊張をほぐそうとしてくれているのがわかる。橋を渡った知らない世界で初めて出会った人が、この人でよかったな、と思う。さっちゃん、さっちゃん、とずっと気にしてくれるから、ちょっとだけ、いや、結構、うっとうしいのも確かだけど。

「どうしたの、その手？」

レジで接客を終えた私に、店長が言った。赤く染まった手のひらを見逃してはくれなかった。私は、美術の授業で使ったインクで汚した、洗ったけど落ちないのだ、と言った。

「そんなのあんの？」

店長は信じ難いという顔で聞いてくる。これ以上突っ込まれたら困る……と思っていると、レジの奥にいたバイト仲間の崎山聡太《さきやまそうた》くんが言った。

「ありますよ、そういう画材。店長の頃と違って」

店長は年寄り扱いするなよとか言いながらも、彼の言葉を信じたようで、強力な洗剤を探しに行った。聡太くんは、レジの後ろにある戸棚から何かを取り出して、とんとん、と私の肩にそっと触れると、

「あの人しつこいから」

と言って透明の手袋を渡した。これを着けて接客すれば、店長も何も言わないだろう。潔癖な店長がインクのついたままの手を許すわけないとわかっているから気を使

ってくれたのだと思う。

「ありがとう」

私は、自分の持ち場に戻る聡太くんの背中を見送る。

触れられた肩にはまだ優しさが残っていた。

繁華街の店ではないから、うるさいお客さんや怖いお客さんはあまりいないけど、たまに変わったお客さんもいる。私が日本語で話しているのに、しつこく英語で話しかけられたり。でも、店長が気にかけてくれているから困ったことはない。

むしろ店長のお節介《せっかい》が過ぎる時は、今みたいに聡太くんがさりげなく止めてくれるから、居心地の良いバランスが保たれていると思う。

この店も、学校のベランダのような、私の安全地帯のひとつになっていた。

Yマートのアルバイトには、私と聡太くんと、朝からお弁当を作る主婦の女の人が二人いる。聡太くんはこの店で長くバイトしているらしく、何度かシフトが一緒になって、ゴミの捨て方だとか、割引シールの貼り方も教えてくれた。そのときに、学校どこなの、とか、同学年だね、とか、微分積分やばい、とか、あれぜったい日常生活で役に立たないだろ、とか、誰とでも話すような当《あ》たり障《さわ》りのない話をして、ほんの少し笑い合った。

東京の公立高校に通う聡太くんは、前髪が長めだけど目にかかるほどじゃない。背は高めで痩せ気味のひょろっとした体型で、本人はたぶん気がついてないけど、ひどい猫背だ。あまり喋る方ではないから、最初はちょっと暗い子なのかなと思っていたけど、話してみると全然そんなことない。意外とオープンで、むしろ明るい感じがする、ちょっと不思議なひとだ。聡太くんはほぼ毎日のようにシフトに入っている。高校三年生で部活もしてなくて、予備校にも通ってないみたい。どうしてそんなに働いているのか。聞いてみたいけど、まだ聞けていない。

その日のシフトが終わり、着替え終わって帰ろうとすると、店の奥のゴミ捨て場に聡太くんが見えた。聡太くんは、いつもタイムカードを打った後でも働いている。大きなケースに入った弁当と、ゴミ袋を一人で持って廃棄食品の選別をしていた。

私は、さっきのお礼のつもりで手伝うことにした。弁当だけではなく、菓子パンとか、スイーツとか、毎日たくさんの廃棄食品がある。

「ねえ、どうしていつも、シフトの後も働いてるの？」

黙って淡々とゴミ袋に食品を入れ続ける彼に、私は聞いてみた。

太田店長は、聡太くんの伯父《おじ》さんなのだという。お母さんのお兄さんで、親族で助け合っているから、当然のように頼まれるのだと。

「うち、お父さんいなくて、お母さんだけだから。伯父さんには色々と世話になってて。だから手伝わされるのは、しょうがないよね」

そう言って、笑った彼は、諦《あきら》めることに慣れきったみたいな顔をしていた。本当は、部活もしたいし、予備校にも行きたいし、友達とも遊びたいんじゃないか。

私も、親戚の手伝いをよくしているから、気持ちがわかった。

そして、しょうがない、この言葉は私の人生と切り離せない言葉だった。

お母さんがいないからしょうがない。

難民申請者だからしょうがない。

クルド人だからしょうがない。

そう思わないと、どうして、が止まらなくなるから。

だから、ずっと言いたかった言葉を口にしてみる。

「しょうがなくなんかないよ」

「そうかな」

聡太くんは、そんなこと思ったこともなかった、と驚いたようなリアクションを見せた。

「そうだよ」

私は聡太くんに向かって言いながら、自分に言っていた。

店を出ると、もうすっかり暗くなっていた。店の看板の光に照らされて、二人がいる、そこだけが燦々《さんさん》と輝いていて、いつもの帰り道なのに、何か違うみたいに思える。

一緒にゴミを捨てて、自転車置場からそれぞれ自転車を出した。これまで横に停めていても気にしたことがなかったけれど、聡太くんの黒い自転車には、色とりどりのペイントがされてて、独特で可愛い。自分で描いたのかな。聞こうかな、と思ったけど、また今度にしよう。次に話すことをとっておきたいから。

自転車を押して並んで歩きながら、お互いを窺いあっている沈黙を、聡太くんが破る。

「本当はどうして、手、赤いの」

聞かれると思ってなかったから戸惑ってしまって、小さい時、友達に赤い手を見つけられて、同じことを聞かれた時の言い訳を口に出した。

「……トマト食べ過ぎた」

自分で言いながら、死にたいくらい恥ずかしくなってしまう、子どもみたいな言い訳だ。私の顔は、たぶん燃えてた。

「どれくらい食べたの」

聡太くんは、普通に聞いてくる。万が一、今の言い訳を信じたとしたなら、逆に怖い。

「段ボール一個ぶんくらい」

言いながら、自分で笑ってしまう。聡太くんも笑う。

「嘘、下手だね」

「…………」

からっと笑う聡太くんと、かちこちに笑う私。ここまではっきりと、でも優しく、嘘を指摘されたのは初めてだった。子どものときの友達も、誰もそうは言わなかったから。みんな、本当は気づいてたのかな。わかってて言わなかったのかな。

聡太くんは問い詰めるでもなく、思ったことをそのまま言っただけだろう。特に、深い意味もなかったんだと思う。

横断歩道の手前で、俺こっちだから、じゃあね、と聡太くんは自転車に乗ってゆく。私はまた、その背中を見ていた。あ、今日、二回目だ。

前に進め、と信号が青緑色に変わる。

なんでだろ、横断歩道を渡っていくペダルが、急に軽くなった気がした。

＊

「Insallah《インシャーラー》 em《エム》 ê rojên《エイロジエン》 ronahî《ロナヒ》 bibînin《ベイビーヌン》」

お父さんのクルド語の言葉が終わると、顔に手のひらを近づけて、両手で顔を洗うみたいに撫で下ろす。これが、我が家の食前のお祈り。夕飯の前は、みんなそろって必ずお祈りをする。

日本に暮らすクルド人は、そんなに宗教に厳格ではない人が多い気がする。でも中には、断食をしたり、一日に何回もお祈りをしたりする人もいるし、豚肉は、みんなあまり食べない。宗教的な理由というよりも、習慣として食べない。

イスラム教徒はお酒を飲まないけれど、私のお父さんは、ビールも飲むし、断食もしない。あまり熱心なイスラム教徒ではなかった。でも、お母さんがお祈りを大切にしていたから、ずっと食前の祈りは続けている。お母さんの大切にしていたことを続けたい、というのは私も同じ気持ちだった。でも、今では、お父さん自身が祈りを大切に思い始めているように感じる。祈りの言葉はクルド語で、毎日聞いているから響きは覚えてるけど、その意味を聞いたことはない。

夕食のときは、家族みんなで居間の床に座る。私の隣にはお父さん、正面にアーリン、アーリンの隣にロビンがいつもの席だ。お母さんが故郷から持ってきた美しい紫色に柄が描かれた敷物の上に、お父さんと私が作った食事の皿が並んでいる。今日はヨーグルトときゅうりのスープと、パンの上に辛いソースと羊のひき肉をのせたラハマージュンだ。

「もうすぐ大会？」

お父さんが、めずらしくアーリンに話しかけた。アーリンはダンスの大会のために、毎日遅くまで練習している。でもアーリンは目も合わせず、うん、としか答えない。まったく会話にならない。

「お前もなのか、バドミントンの試合」

急に自分に矢が飛んできて戸惑う。しかも、私しかわからないトルコ語だ。そう、だから今日も遅くなった、すらすらと嘘の言葉が出てきた。

「あんまり遅くなるな。夕食は全員一緒だ」

お父さんに東京でバイトをしているなんて言ったらきっと、いやぜったい、辞めさせられてしまう。

トルコ語がわからないアーリンが、「何、二人でまた私の悪口言ってんの」と言って怒り出す。私だって、家族みんなでいるときに家族で二人しかわからない言葉を使うのはやめてほしい。でも、お父さんはやめるつもりはなさそう。前に、家が日本語だけになるのは嫌だと言っていたから。

しかも、最近お父さんはロビンにクルド語を教え始めているから、近い将来、家族の会話はもっと複雑になるかもしれない。

食事が終わり、部屋で勉強をしていると、家にロナヒがやってきた。

息子のユスフの小学校から保護者に宛てた手紙が読めないので、内容を教えてほしいと言う。こんなふうに、私とお父さんは、周りのクルド人から翻訳や手伝いをしょっちゅう頼まれている。市役所や学校に提出する書類の記入とか、病院の予約とか、付き添いの通訳とか。日本語が話せて、読み書きができる私はみんなに頼りにされている。忘れないように、頼まれごとをポスト・イットにメモして、台所にある机の前に貼る。もうすでに、十個近く頼まれごとが溜まっていた。

お父さんがロナヒに言った。

「この間、メメットに会いに行って、本を差し入れたよ。ユスフにも会いたがってた」

ロナヒの夫のメメットは、入管に二年以上収容されている。

「いつもありがとう。平日しか面会はできないけれど、あんまり学校を休めないからね……」

ロナヒはそう言うと、目を潤《うる》ませていた。ユスフはもう三ヵ月くらいメメットに会えていない。お父さんは親戚同士の付き合いをすごく大切にする人だから、入管に面会に行ったり、ロナヒの家族を金銭的にも助けている。

私がクルドのみんなの頼まれごとをするのも、お父さんにとっては、当たり前のことだ。

頼りにしてもらうこと自体は嬉しいけれど、みんな私がやることがもう当たり前みたいになっていることは、正直、嬉しくない。日本語もトルコ語も私ほどできる人が周りに他にいないから、しょうがないと思ってきたけど。

しょうがなくなんかないよ。今日の自分の言葉を、心の中で小さく呟いた。

ロビンはお父さんと、アーリンは私と同じ部屋で寝ている。アーリンが寝たあと、私は店長にもらった今月のバイト代を、押し入れの上の段に隠している缶の中に入れた。大学に行くために、お金を貯めている。日本で暮らすクルド人で、大学に行っている子はとても少ない。

私は、どうしても、大学に行きたかった。ずっと夢だった、小学校の先生になるために、教員免許を取得できる大学に進学したい。憧れている小学校の時の担任の先生、悠子先生の出身大学を目指している。でも、お父さんに、家族に、お金の負担をかけたくはない。だから少しずつ自分で貯めている。バイト代だけでは入学金にも足らないけど、この缶に貯めたお金が、きっと私の未来を開いてくれると信じている。

先日、中間試験が終わり、学校で進路相談があった。担任の原《はら》先生が今の成績なら、私の志望している大学の推薦が狙えそうだと言ってくれた。外国籍でももらえる奨学金があるらしい。

「努力は必ず報われるからな！」

原先生はいわゆる熱血教師で、いつも過剰に前向きだ。そう力強く言う原先生の言葉は、漫画みたいで正直大人のくせにバカみたいだと思ったけれど、でも、現実に、なるかもしれないんだ。現実にしたい、私の頑張りで。きっと、きっと。

横ではアーリンが寝ている。布団の横にスマホが充電しないまま放り出されていたから、充電器に差してやる。朝起きたら優しい姉に感謝、しないだろうけど。私が志望する大学に進学できたら、アーリンもロビンも、クルドのみんなも、頑張れば摑み取れる未来があるって信じられるはずだ。

その、希望を私が示すんだ。

しょうがなくなんかない、って。

もう少しだけ勉強してから寝よう。そう思って机に向かう。

暗い部屋で、自分のデスクライトの明かりに照らされる参考書を見つめながら、こんな努力が報われないわけないよな、と自分に言い聞かせる。

今夜は、こんなポジティブな自分をずっとずっと上書きしていきたい気持ちだった。イヤホンをつけて、音楽を聴く。私のことなんか知りもしないミュージシャンの声が入ってくる。甲高《かんだか》い、でも力強い声が歌う。

前に進め。前に進め。

4

家族四人で、電車に乗っている。

私たちは、年に二回、東京行きの電車に乗って品川に通う。小さいときは、電車に乗るだけでちょっとわくわくしたりもしたけれど、行き先が、楽しい場所じゃないとわかってからは、あんまり行きたくなくなった。

私たちの行き先は、入管。東京出入国在留管理局だ。難民申請中の私たちは、年に二回、特定活動のビザの更新に行かなくてはならない。

入管は平日にしかやっていないから、その日は学校を早退しなくちゃいけない。年に二回、早退すると三年で六回にもなって、内申書に関わる。もちろん、勉強も、その時間だけみんなより遅れることになってしまう。でも、しょうがない。しょうがないんだと思ってきた。

「やあやあ、元気ですか」

品川駅の改札に着くと、弁護士の山中《やまなか》先生が待っていた。大きな肩掛けバッグを二つも持っている。先生は、日本にいる外国人の難民申請の相談や訴訟も多く引き受けていて、私たち家族とはもう十年以上の付き合いになる。最初は、アリに紹介してもらって、初めての難民申請の頃からお世話になっている。更新の時、毎回付き添ってくれるわけではないけれど、先生は今日、ちょうど収容されている人との面会もあるからと、一緒に行くことになった。

山中先生はいつも同じスーツを着ていて、たぶん一着しか持ってないんじゃないかと私は思ってる。バス乗り場まで歩きながら、先生は私に小さな声で話しかけた。

「勉強、がんばってる？　お父さんとは大学のこと、話したの？」

前に会ったときに山中先生に、大学のことを相談したことがあったのを覚えてくれてた。私は、首を横に振る。

「ダメだよ、早く話さないと。自分の口からね」

た。

「はい」

少し離れて歩いていたけれど、今の会話がお父さんに聞こえてないかが心配だった。

「ダメだなんて言うわけないんだから」

わかっているから、だからこそ、お父さんに無理させたくないんです。とは言えなかった。

品川駅から、十分ほどバスに乗って、橋をこえて、離れ島みたいになっているところに入管はある。この離れ島の海を挟んだ向こうはお台場で、レインボーブリッジも見える。華やかで、東京でも人気のある場所だ。でも入管の周囲には、倉庫がいっぱい並んで、トラックばかりが行き交っている。

私はこの場所に来ると、自分たちがトラックで運ばれていくような、命のないものみたいに扱われてる気がしてしまう。

入管の庁舎は、色味のないグレーで十字の形に作られていて、入り口へと続く道から見上げると、十二階建ての巨大な壁に挟まれるようで、威圧感がある。

中の雰囲気は、病院や市役所と変わらないみたいだけれど、一階にはコンビニもある。色んな肌の色、目の色の外国人が集まってくるから、すごい密度だ。このすべての人たちに対して、入管が日本で暮らす資格があるかの判断をしている。

入管の上の階には、収容されている外国人たちがいる。在留期間を超えて滞在しているオーバーステイなどの理由で、在留資格がなくなった人たちだ。その半分ほどの人たちが、六ヵ月以上の長期収容者に当たるという。入管施設は、刑務所と同じように、どこからでも監視できるつくりになっているそうだ。

案内されたのは、いつもと違うフロアにある面接室だった。面接室の扉の前で、がんばって、と言うように、山中先生は両の拳を小さく握った。面接室に山中先生は入れない。

家族四人で、入管の職員と向き合う。部屋の雰囲気は、いつもと変わらない。机とプリンターと資料しかなく、窓はあるけれど、ブラインドがきつく閉められ、外の光はほとんど入ってこない。いつもはすぐに、生活についてなどの質問が始まるのに、今日は違った。

机の上にすっと、書類を出される。

「難民申請は、不認定となりました」

続いて、不認定の理由書が読み上げられる。

すごく普通だった。ローンの審査が通らなかったとか、そういうテンションと変わらない。このセリフをこれまで何度も、言ってきたのだろう。

私たちの人生を変える言葉とは思えない。冷たいわけでもないけど、温かみもない、抑揚のない声だった。

ずっと恐れてきたことだけれど、その瞬間が、こんなにあっさりとしたものだとは、思っていなかった。

現実感のない私より、お父さんのほうが、ずっとずっと衝撃を受けていた。隣から、息が強く、荒くなっていくのが聞こえる。

「私は難民です。何が足りないですか。証拠ですか」

お父さんは、右足のズボンの裾を捲《まく》り上げた。

「この傷は、トルコでデモに参加して、拷問された時の傷です」

お父さんには、膝からすねにかけて、赤黒いミミズ腫れのような傷跡がある。いつも傷が隠れる長さのズボンを穿《は》いていたから、私は久しぶりに見た。お父さんは、デモに参加した時に憲兵に捕まって、ゲリラの一員だと疑われて拷問を受けたのだ、と職員に向かって、改めて主張した。でも、この傷は迫害の証拠としては認められていないのだ。

「ここでは結果は変わりません」

職員は顔を伏せて、傷を見ようともしない。

「見て。見てちゃんと。見ろ！」

お父さんが大きな声を出すと、それまで左右の部屋から聞こえていた話し声がぴたりと収まる。

「やめてよ。印象が悪くなる」

私は、思わず、お父さんにだけわかるトルコ語で、そう言ってしまった。ここで騒ぐことで、拘束されたりしたら大変だと思った。

お父さんは強い眼差《まなざ》しで私を見つめ、憮然《ぶぜん》とした表情で息を荒《あら》らげている。別の職員が、私たち家族四人が提出した在留カードを並べて、事務的に告げた。

「本日からこのカードは無効になります」

四枚の在留カードに穴あけパンチで、次々と穴が開けられていく。

パチ。パチ。パチ。パチ。

死ぬわけじゃないのに、私の頭には、走馬灯のように懐かしい光景が次々と浮かんでいた。

これまで、ここで過ごしてきた時間。出会った日本人。あおいちゃん。悠子先生。まなみ。しーちゃん。店長。聡太くん。希望を持ってここにやってきたクルド人。ロナヒ。アリ。お母さん。私たち。キャンプ。秩父の川。大丈夫だよ。初めて乗った飛行機。お父さんと再会したときのこと。家に来た、怖い人たち。めちゃくちゃな部屋。クルドの家、あれ、どんなところにあった。どんな家だったか、わからない。思い出そうとすると、今住んでいる、コインランドリーの二階の家が思い浮かんでしまう。ねえ、故郷って、どんな場所。石、お父さんの、石。それはこの前聞いた話だ。ロビン。アーリン。宇宙人。ドイツ人。大丈夫だよ。大丈夫じゃない。ぐらぐらと、積み上げた石が、揺れる。崩れる、危ない。崩れる！　頭の中がぐにゃぐにゃに、なって、歪んでいく。

これって、これまでの私が死ぬってことだ。

「これから、仮放免の準備に入ります」

職員の声で、現実に生きなければいけない社会に戻される。

仮放免。それが、新しい、私たちの身分だった。

職員は私たちに、これから課されるルールや制限について話し始めた。

「仮放免とは、本来はここに収容される方が条件付きで外に出ることができる制度です。まず、就労、働くことは禁止です」

それに続いて、居住している県外に許可なく出てはいけないこと。健康保険が自費になること。このルールに違反した場合、いつでも、入管に収容される可能性があることが告げられた。仮放免のために、記入して提出しなければならない申請書や誓約書などが渡された。さらに、定められた保証金を納付しなければいけないという。逃走を防ぐためのものらしく、仮放免の条件を守り、入管からの呼び出しに応じていれば、仮放免の終了時に返金される。大人はひとり、二十万から三十万くらいって聞いたことがある。子どもはそれより安いらしいけれど、そんなにうちにお金があるんだろうか。

面接室の前で待っていた山中先生は、これまでと違う時間の長さで、全て察したみたいだった。仮放免のために必要な、私たちの保証人を引き受けてくれると言った。

レインボーブリッジやお台場の明るい風景を見ながら、もう私は自由に東京にも、それ以外の場所にも行けないことを思った。急に、目の前の景色が色を失っていく。

それに、働くこともできなければ、大学なんて、どうやって通えばいいのか。

「あなたたちは難民なんだ。この扱いは不当です。裁判所に訴えましょう」

山中先生は、まっすぐに私たちの目を見て言って、お父さんも、頷く。山中先生は私たちをずっと、助けてくれてきた。難民申請の却下は、裁判をすれば、変わるんだろうか。


帰り道、山中先生と別れたあと、私たちはラーメン屋に寄った。品川にあるラーメン屋で、入管に来たらいつも寄るところだ。年配のおじさんが店主をしている、かなり年季の入ったお店で、本棚には所狭しと漫画が詰められていて、壁に貼られたメニューは油っぽく茶色くなっている。

入り口にあるラーメンとトッピングの券売機の前でお父さんは、今日は、トッピングを一人三つまで選んでいいよ、と言う。お父さんは、私たちより深く絶望しているはずなのに、私たちを励まそうとしているんだ。ロビンは喜んで、卵とチャーシューと、わかめを選ぶ。カウンターとテーブル席があり、カウンターに二人、テーブル席にも二人のお客さんが座っていた。厨房《ちゅうぼう》からは中華鍋で炒め物を、じゃー、と作る音や、麺の湯切りをする、ちゃっちゃっ、という音が聞こえてくる。

空いているテーブル席に座り、しばらく待っていると、湯気のたつラーメンが四つと、裏面がこんがりと焼き上げられた羽根付き餃子《ギョーザ》一皿が運ばれてくる。アーリンは自分だけ餃子まで頼んでいた。私の家では箸を使うことは少ないから、ロビンはうまく使えない。アーリンは日本人がよくやるみたいに、ラーメンをずずっ、とすすって、音を立てて食べた。食事の時は音を立てないように、いつもうるさく言われているから、お父さんが怒るとわかってるはずなのに。案の定、お父さんに注意される。

「音はダメ」

「なんで？　音出したほうがおいしいんだよ。やったことあんの？」

とアーリンはバカにしたように言う。

「やらない」

お父さんは迷いなく答える。

「やったことないならわかるわけないじゃん、ね」

アーリンがロビンに同意を求めると、ロビンは素直に「うん」と頷く。

「味が違うんだよ。音がないほうが美味しい」

お父さんがそう言ってるのに、無視するように、アーリンはまた音を立てて食べる。だから、私もわざとずずずと音を立てて食べて、

「うん。全然、音出さないほうが美味しいよ」

と言った。今日は絶対、お父さんの側に立ってあげなくちゃいけないと思ったから。するとそれを見たロビンもずるずる、ちゅるっと音を立てて食べて、声を上げた。

「おいしい！　味が違う」

「えっ、おいしいの？」

さっきは音を出すのダメって言ったのに、お父さんはびっくりしたみたいにロビンに聞く。すごくすごく、優しい声だった。

ロビンが味が違うと言ったこと、お父さんはそれがすごくおかしかったみたいで、前のめりに頭を抱えて、大笑いしてる。少し涙が出たらしく、目をこすってる。音で、味が変わるなんて本当かな。思わずアーリンも大笑いしてる。

こんなことで、みんな、笑いがとまらなくなる。ラーメン、おいしいね。おいしく食べたいよね。なんか、笑いすぎて、私もちょっと涙が出るくらいだった。

人ってこんなに悲しい時でも、こんなに笑えるんだ。

＊

荒川の橋の真ん中には、東京と埼玉の県境を示す看板が架かっている。だから、私は、その先には行っちゃいけない。そういうことに、昨日からなった。私は自転車を止める。これまではただ通り過ぎるだけの看板だったのに。目には見えないけど、でも、私の国境線がここにある。

しゃー、がたん、と響く車の轟音も、濁った川面からたくさんの脚の生えた橋も、なにも変わってない。車も人も自転車もみんな、今までと同じように、あたりまえに橋を渡る。私だけ渡ってはいけないなんて、何かの間違いのような気がしてくる。

私のハンドルは、私が握っている。私のペダルは、私が踏む。そう思ったら、自転車は前へと進んで、県境を越えていた。自転車で川を渡ると、やっぱり、すごく、気持ちいいんだ。

行き先は、バイト先のコンビニ、Yマートだ。今日は珍しく店長がいなくて、少しほっとした。どう話したらいいのか、わからないから。

仮放免になると、働くことも許されない。でも、お父さんは今日も仕事に行った。働かなきゃ、生きられないって、山中先生も言っていた。

だから私も働いていいよね。大学に行くために働くのは、悪いことじゃないよね。店長がいない以外は、コンビニにはいつもとおんなじ時間が流れていた。

私はレジに立って、聡太くんが品出しをしてる。今日は私の学校はテストがあって、早帰りだったからいつもより少し長くバイトができる。聡太くんの学校もそうだったと言っていた。


「いらっしゃいませ」

レジで商品のカゴを受け取ったとき、私の顔をじっと覗き込んだのは、白髪をオレンジがかった茶色に染めた、人の良さそうなおばあさんだった。牛乳のバーコードをスキャンする私に話しかける。

「あなた、お人形さんみたいねえ」

「いえ……」

「お国はどちら？」

クルドって知ってますか。私の国はないんです、と心の中で呟いてから言った。

「……ドイツです」

「日本語上手ねえ。外人さんと思えない!」

おばあさんは、驚いたように、無邪気に笑いかける。

「ありがとうございます」

日本語は、私の言葉なんです。だってここで、もう十二年生きてるから。ほとんどの記憶が、ここなんです。心の声は、口に出せない。

「いつかはお国に帰るんでしょう?」

「……ずっとここに居たいと思ってます」

パチ。パチ。パチ。パチ。在留カードに穴が開いた音が聞こえてくる。

「そう、頑張ってくださいね」

そう言われて、私はぎこちなく笑みを浮かべる。ちゃんと笑えてるかな。

「ありがとうございました」

頭を下げて見送り、また上げると、なにかが、お腹のほうからぐわっとこみ上げてきて、胸を通り抜けて、眼に涙がわきあがる。だめだ、止められない。

あのおばあさんは悪くない。何にも悪くない。頑張っている外国人を応援してくれただけ。そう言い聞かせても、憎悪を止められない自分が怖くなる。

知らなければ、何を言ってもいいの？　善意なら人の心を、土足で踏みつけていいの？　と叫び出しそうになる。私は、黙ってレジを離れた。こんなこと、これまでだって何回も何回もあったのに。悲しみも怒りも顔に出さないプロになろうとしてたのに。今日はぜんぜん、だめだった。プロ失格です。聡太くんが、私の代わりにレジに入って来てくれた。


午後五時、その日のシフトが終わって、店を出る。自転車置場のほうに行くと、聡太くんがいた。一時間も前にシフトが終わっていたはずなのに、待っていてくれたのか。帰る？　と聞かれて、うん、と答えた。聡太くんは自分の家の方へ曲がるはずの交差点で曲がらずに、少し遠回りして荒川の方に向かった。

川口側の河川敷には以前、家族でよく行ったけれど、東京側の河川敷を、誰かと歩いたのは初めてだった。川沿いの道を、聡太くんと二人、自転車を押して並んで歩く。対岸を眺めて、聡太くんが聞く。

サーリャの家はあっちのほう？　ううん、あっち側。ここから私が住んでいる家は見えるわけないけど、目印になる高層ビルの方角を指す。

「ね、その自転車、自分で描いたの？」

気になっていた自転車の絵のことを、やっと聞けた。

「そうそう。俺、描くの好きで」

自転車の黒いフレームの上に、点描画のような色の点々がカラフルにちりばめられていて、いろんな色の花が咲いているみたいだった。私の自転車よりも、すごく自由な感じがした。

「これで学校通ってると目立たない？」

と聞くと、超目立つ、と聡太くんは笑った。

「最初は笑うやつもいたけど、好きなのに乗りたいなって。乗りつづけてたら、今じゃ誰も見てないよ。今日、サーリャに久しぶりに触れられたわ」

「……すごいね」

思わず口に出ていた。

「そうかな？」

ぜんぜん普通だけど、って感じで言う。他の子に笑われたりしたら、私だったら心折れてしまうよ。

「それ、すごく、いいと思う。いいよ、ほんとに」

と強く言った。ほんとだよ。嘘ばっかりの私でも、これは、ほんとの気持ち。

そのとき、急に視界がひらけた気がした。夕方の河川敷には人がいっぱいいる。スケボーを練習したり、ランニングしたり、寝転んだり、釣りしたり。たくさんの人が、それぞれ自分の場所みたいに思い思いに過ごしている。天気は曇りだったけれど、自由に過ごす人々の姿は、温かい陽だまりの中にいるみたいに、私には見えた。

私たちは、いつも渡る大きな橋のすぐ下に自転車を停めた。周りには草が繁って、目の前に荒川の水面が広がる。ぴちゃ、ぴちゃ、と川の水が流れてゆく音がする。そして、頭の上からは橋を渡るトラックの轟音が聞こえる。

聡太くんが、あげる、と新商品のシュークリームをリュックから二つ取り出して、一つ渡してくれた。川のギリギリまで近づいて、二人で河岸の石の上に座った。

向こう岸には自分の暮らしてきた街がよく見えて、これまで自分が過ごしてきた時間に向かい合っているような気持ちになった。

シュークリームの袋を開けて一口食べて、美味しいね、うん、うまいねと言い合う。それからしばらく聡太くんは黙って食べているから、私も黙って食べた。

無言でも気まずくはなかった。なんで一時間も待ってくれてたんだろう。私が落ち込んでいるのを心配してくれたのか。そう思っていると、

「もう落ちたの？」

と、聡太くんが言う。

「え？」

「トマト」

聡太くんは、自分の手のひらを私に見せた。

「ああ……」

私は自分の手のひらを見て、聡太くんにも見せる。染料はほとんど落ちていて、でも、ほんのすこしだけ、赤がまだ残っていた。

「いい色だったのに」

聡太くんがこちらを見ないで、ぽつりと言う。

「……ほんとに？」

「うん。俺、赤好きだし」

私は、この色をいい、とか、よくない、とか、考えたことがなかった。生まれた時から定められていたような、ただの印のようなものだとしか思ってなかった。

でも、きっと聡太くんは、本当にあの色をいいと思ったんだ。

水面の深いエメラルドに、橋の隙間から一筋の光が射している。

私は自分だって、自由な温かい陽だまりに行ってもいいような気がした。

やっと、自分で積み重ねた嘘のひとつを、空に飛ばす。

「私、ドイツ人じゃないんだ」

トラックが大きな音を立てて、私たちの上を通り過ぎる。

聡太くんは、シュークリームを食べるのをやめた。じっと私の声を聞いて、言葉を待ってる。

「小学生のとき、ワールドカップあったじゃん。友達に、どこを応援してるのって聞かれてさ。ドイツって答えたの」

「強いもんね、ドイツ」

聡太くんの少しズレた答えが、私には心地よかった。でも、私は聡太くんを見られなくて、水面に反射する夕日が揺れるのを見ていた。

「みんなと一緒に、日本を応援したかった。でも、私が日本って言ったら変かなって」

あの時の思いは、初めて口にした。自分が暮らしてきた街の、反対の岸にいるからこそ言えたように思う。ちらっと聡太くんを見る。

「考えすぎだよ」

そう聡太くんは少し笑って言ったけど、私は笑わなかった。

「考えるよ」

素直に自分の気持ちを返すことができた。私は、そのまま言葉を続ける。

「そしたらドイツ人だと思われるようになって。自分でもドイツ人、って言うようになった」

聡太くんは、どうしてそんな嘘をつくかわからないみたいに首を傾《かし》げた。私だって、こうやって話してみると自分で不思議に思うんだ。なんで本当のことを言えなかったのか。聡太くんはすこしだけ、丸めていた猫背の背中を正した。

「サーリャは、どこの国から来たの」

長い前髪の下から覗く、まっすぐな目が私に問いかける。

「……クルド」

聡太くんは、クルド……と繰り返して、首を傾げて考える。自分の中の引き出しをすべて開けても答えは見つからなかったみたいで、どうしようって感じで首を掻《か》く。

「ごめん、わからない」

すごく、素朴で素直な響きだった。うん、みんな知らないから。そう答えながら、複雑な気持ちがないと言ったら嘘だった。私は、ちゃんと複雑だった。

聡太くんは、どうにか自分との接点を探してくれようとしたのか、

「ワールドカップ出てないよね？」

と聞いてくれた。首を振ったら、「サッカー弱いんだ？」と言うので少し笑って首を振る。そうじゃなくて、国がないから、クルドは出られないんだ。

「その、クルドの結婚式で手を赤くするの。新郎新婦の親戚がね」

もう色が消えかかっているけど、まだ確かに染み込んでいるその赤を見た。

「赤い手見ると、思い出すんだ。自分がクルドだってこと」

私にとっては、これがせいいっぱいの言葉だった。

長い前髪の下で聡太くんが、どんな顔をしてるか、見たいけれど、見られない。二人で黙ったまま、少し、時間が流れた。聡太くんが口を開く。

「俺もね、青とオレンジ見ると、伯父さんのこと思い出す」

青とオレンジは、Yマートのお店のイメージカラーだから、看板や制服の色だ。

「それは、ちょっと嫌だね」

「ちょっとじゃないよ、だいぶ嫌だよ」

聡太くんは白い歯を見せて、からっと笑った。私も笑った。たぶん、からっと。

その時、私はもう、曇り空の下にはいなかった。心がぽかぽかしたから。いつの間

にか、車の轟音は聞こえなくなっている。優しい水音だけに包まれていた。

それから、お互いのことをぽつりぽつりと話した。

この場所は、聡太くんがバイト終わりに、ひとりでよく来る場所なんだって。対岸に見える埼玉の景色が好きなんだって。シュークリームを、こうやって、外で食べると楽しいんだって。ほんとだね。

そのうちに陽が沈んで、辺りはすっかり暗くなった。川口の高層ビルに光が灯る夜景は赤羽より都会っぽくて、綺麗なんだよ、と聡太くんが言った。

私は自分が褒められたみたいで、少し誇らしかったんだ。

5

変な名前だから、友達になれない！

小学校のとき、同級生の女の子の誕生会に行ったら、いきなりそう言われた。プレゼントも渡せず、ひとりで帰った。名前って、そんなに大事なことなんだ。

誰が言い出したのか、いつの間にか、私の呼び名は、さっちゃん、になっていた。そう呼ばれると、見た目が違っても、ちょっとでもみんなに近づけた気がした。

少しずつ、友達もできた。だから私は、さっちゃんに感謝してる。

今も友達はみんな、私のことをさっちゃんと呼ぶ。しーちゃんも、まなみも。

でも君は、なんの迷いもなく、私をサーリャって呼んだね。

廃棄のゴミ捨てをするだけでも、楽しかった。聡太くんと一緒だと。裏口のゴミ箱に向かって投げて、入った方が勝ちとか、そんな子どもっぽい遊びをしていた。今度川口に行ってみたいな、と聡太くんが言って、私は、聡太くんが絵を描くところ見たいって言った。その結果、川口の河原で絵を描く、ということで話がまとまった。

＊

次の日曜日、荒川を川口側に渡ったところで待ち合わせた。いつも私が一人で通る橋を自転車で渡ってくる聡太くんの姿が見えて、なんだかとても不思議な気がした。二人で並んで、自転車で川沿いの道を進む。こうやって友達と自転車を漕ぐのが、夢だった。

人通りが少ないけれど開けていて作業しやすそうな場所を見つけて、聡太くんは持ってきた白い布を草の上に広げた。その上に、画用紙を九枚、四角く並べる。聡太くんの大きなリュックから、スプレー缶がたくさん出てきた。しゃかしゃかしやかっと缶を振ってノズルを押すと、シューッと色のついた霧が吹き出してくる。

何でも、思うままに色を乗せればいいんだよ、と聡太くんは言う。

聡太くんは色とりどりのスプレーで、真っ白な紙に次々と自由に線を描いてゆく。慣れた手つきで、かっこよかった。スプレー缶を渡されて、私もやってみると、線をはっきりと描くのは意外に難しい。紙の近くからやるといいよ、と教えてもらって、その通りにするとうまく色がついて、くっきりした線が描けた。

スプレーだけじゃなくて、いろんな絵の具も使って、それも筆だけじゃなくて、手のひらに直接塗って白い紙に押し付けると面白い柄になった。

「何ていうの、こういう絵？」

「うーん。何かな。わからない！」

そう言って聡太くんは笑った。私はその表情を見て、絵のジャンルなんか、聡太くんには関係ないことなんだと思った。

赤も、オレンジも、青も、私たちはどんな色も使って、自分の好きなように描くことができるんだ。白いキャンバスはどんどんカラフルになっていく。色は私たちの自由だ。聡太くんは、美大に行きたいと言っていた。

「色んなセンスを持った人たちのなかで、自分の描きたいものを探してみたいから」

笑顔で語る聡太くんは、いつもコンビニでバイトしている時とは別人みたいにきらきらと輝いて見えた。

「サーリャは何か夢とかあるの？」

「私は、小学校の先生。日本語わからなかった時に、すごく助けてもらったから。私も、そういう先生になれたらいいなって」

人に自分の夢を話すのは、少し恥ずかしかった。

「いいね」

聡太くんがそう言ってくれて、私は嬉しいけど恥ずかしくて、聡太くんを見られずに、小さい声でありがとうって言った。

夢中で描いているうちに、絵にぽたっ、と水が落ちてきた。雨が降って来たんだ、片付けなきゃ、と慌てたら、聡太くんが、見て、と言って、紙を持ち上げた。雨に濡れて、色がマーブルのように滲《にじ》んでゆくのを見せる。すごくきれい。雨も、自然も、アートになった。

そのうち本降りになってきて、大雨のなかを二人、逃げ出すように走った。

聡太くんがうちにいる。うちの居間で、うちのタオルで、びしょびしょの頭を拭いている。初めて家に友達を呼んだ。女の子の友達だって、呼んだことないのに。河原から走って家まで五分くらいだったけれど、二人とも全身ぐっしょり濡れていた。

お父さんとロビンは、今日は夜までアリの家に行くと言って出かけたし、アーリンは部活だから、家に誰もいなくてよかった。

聡太くんのTシャツは、元はミント色だったのに濡れて深緑になっている。風邪《かぜ》ひいちゃう、と慌ててお父さんのTシャツを出して渡した。

「あ、ありがと」

と受け取った聡太くんは、いつもの長い前髪が雨に濡れて張り付いていて、初めておでこと眉毛を見た気がする。思っていたより、けっこう、凜々《りり》しいんだと思ったら、ドキッとした。

聡太くんはすぐその場で着替えはじめて、Tシャツを脱いだら褐色の肌が見えた。ガリガリの細い腰が見えた。まっくろの脇毛もあった。乳首もあった。ふたつあった。

二人とも急に黙ってしまった。私の頭の中の声が、うるさくなってゆく。ぜったい言えないようなこと。まなみが修学旅行の夜に教えてくれたんだ。とも君と、はだかで触りあったりしてるらしいよ。最近は会うたびにしてるって。ラブホは高いから、家で親がいないときに。

家で、親がいないとき。それって今みたいなときのことか。最悪すぎる。なんで今そんなこと思い出しちゃったんだ。

そんなの、私には遠い話だ。うちは一応イスラム教だから、男の人と女の人は、結婚するまでお互いに触ってはいけない。そんなことをしたら、お父さんに殺される。なのに。どきどきしてる。まずい。気まずい。話すことも、さっきまでいっぱいあったのに、なぜか急に、なにひとつ喋れなくなった。最悪だ。怖い。でも、怖くない。

二人の目が合う。ばちって音がしたくらい、ばちっと合った。慌ててそらす。薄暗いし、誰もいなくてすごく静かだし。最悪に、どきどきしている。

聡太くんは、どきどきしてない？

彼のほうをちらっと見たら、部屋の中をきょろきょろ見回していた。気まずいからか、クルド風のインテリアに興味があるのか。

「これ何？」

聡太くんが指差したのは台所の机の前の、壁に貼ったたくさんのポスト・イットだった。「ヌレ／漢字ドリル」、「ヴェーカス／病院」など、名前と頼まれごとのメモだ。

「周りのクルド人、日本語わからない人が多いから。いつも色々頼まれて。ここに書いとくんだ」

と言ったら、聡太くんは、

「もう先生じゃん、サーリヤ」

また嬉しい言葉をくれたんだ。その言葉で、気まずさも消えた。触れるとか触れないとか、変な考えも、どこかに吹き飛んだ。

そのとき、コツ、コツ、コツ、と外の階段を上がってくる音が聞こえた。お父さんの足音だ。背筋が凍る、とはこういうことか。頭の中が、真っ白になった。

がちゃりとドアの鍵が開いて、お父さんとロビンが入って来た。ロビンは居間にいる聡太くんを見て立ち止まり、その後からお父さんがトルコ語で私に聞いた。

「誰なんだ」

「学校の同じクラスで。クルドのこと、今度発表するから来てもらったの」

また、嘘がすらすらと出てくる。でも、さすがにお父さんも信じられないらしく、怪訝《けげん》な顔をしている。

「Tシャツ」

「あ、雨降ってきちゃったから……ごめんなさい、勝手に。もう、帰ってもらうから」

するとお父さんは、買ってきた食材を台所に置いて、日本語で言った。

「ご飯、食べていってください。興味あるでしょ、クルドに」

お父さんが意外にも明るく聡太くんに声をかけたから、私は凍った背筋が、さらに凍った。

ありがとうございます、と答える聡太くんも、わかりやすく目が泳いでる。

お父さんと二人で食事を作る間、私たちは一言も話さなかった。聡太くんとロビンは居間でゲームをしていた。お父さんが解体現場でもらってきたゲーム機も、ゲームソフトも、古いやつだから、パックマン？　と聡太くんは不思議そうにしていた。でもロビンは遊び相手ができて嬉しそうで、得意げにやりかたを教えている。

窓枠と全然長さが合ってないレースのカーテンも、聡太くんは不思議そうに見ている。あれは、お母さんがトルコの家から持ってきたカーテンだ。急いで家を出たけど、お母さんのお母さんにもらった大事なものだからと言っていた。食事の時に、お皿の下に敷く布も、トルコから持ってきて、ずっと大事に使っている。

今日の夕食はキョフテだった。うちのキョフテは、トマトとピーマンのペーストを俵状にして、玉ねぎとかピクルスと一緒にレタスに巻いて食べる料理で、巻くのはちょっとコツがいる。

聡太くんは初めてなのに上手に巻いて、美味しい美味しい、とたくさん食べてくれて、ホッとした。うちに日本人のお客さんを呼んでクルドの料理を食べてもらうことも、初めてだったから。

お父さんが、聡太くんに質問し始めた時はひやひやした。私がバイトしてることも、そのために橋を渡って、東京に通っていることも、ぜんぶ秘密だから。

そのことを、聡太くんには話してなかったけど、聡太くんはうまく察して話を合わせてくれた。

「クルドって、どこにあるんですか？」

聡太くんの素朴な質問に、お父さんが答える。

「トルコ、イラン、イラク、シリア、が国になる前から、その場所にクルド人は住んでました。でも、戦争の後に、Sinir《スイヌル》、日本語で何？」

「国境」

私が答える。お父さんは、聡太くんの目をじっと見て言葉を続けた。

「そう、国境ができて、バラバラの国に分かれました。だから、国はない。クルドはいろんな国に振り回されて、利用されてきました。でも、国がなくても、クルド人の心はひとつです」

「……すみません、僕、何も知らなくて」

聡太くんは、自分が無知な質問をしてしまったと思ったみたい。

「いや、日本人がクルドに興味を持ってくれるだけで、嬉しいから」

お父さんが微笑んだので、私も聡太くんも、思わず、ほっと息を吐き出した。

「飲みますか？」

お父さんが、聡太くんにビールを差し出した。え？　いや僕、まだ未成年で……と本気で戸惑う聡太くんを見て笑う。

「ジョーダンです！」

やめてよもう、と私も笑った。聡太くんも。

ロビンは聡太くんにすごく懐《なつ》いて、食事の後もまた一緒にパックマンをして遊んだ。聡太くんが帰ろうとすると、帰ってほしくないみたいにまとわりついた。

「今度、キャンプ行こうよ」

ロビンはよほど聡太くんを気に入ったみたいで、家族の行事にまで誘った。

「え、行きたい！」

聡太くんは素直に答えてたけど、私はちょっと焦った。お父さんの顔を見ると、ぜんぜん笑ってなかったから。

＊

その日も河川敷で、聡太くんとシュークリームを食べながら話していた。私は、聡太くんに、どうしてスプレーを使ったアートを始めたのかを聞いた。

「グラフィティアートに憧れてて。バンクシーって知ってる？　武器を花束に描き替えたり、メッセージの伝えかたが、すごくいいんだよ」

「バンクシーって、東京にもネズミの絵、描いたって言われてた人？」

何年か前に、すごく話題になったことがあった。

「そうそう。あのネズミは、バンクシーのトレードマーク。ネズミって菌を撒《ま》き散らして病気を広めて人間を困らせてきたじゃん。あのネズミは、嫌われたり、いないことにされてる日陰にいる人たちの象徴で、そういう人たちにも社会を変える力があるんだって、メッセージなんだよ。隠れてグラフィティを描くバンクシー自身でもあるらしい」

聡太くんは、目を輝かせながら言葉を続けた。

「なんか俺、それにすごく勇気もらって。自分のこと、ちっぽけな存在って思ってたから。だから、俺もただ楽しいってだけじゃなくて、メッセージ性のあることを描きたいと思ってる。いつかね」

こんなに熱く語る聡太くんをみるのは初めてかもしれない。夢を語る聡太くんは、とても魅力的だけど、同時に、自分からはずっと遠くにいるようにも感じる。

私は、その話を聞きながら、自分をバンクシーのネズミに重ねていた。

存在することを許されず、いないことにされてる私は、どうしたら、社会を変えることができるのだろう。

＊

日曜日は解体の仕事が休みだから、よく親戚や仕事仲間が集まって食事をする。

クルドの家では、普段から親戚同士の付き合いはかなり濃い。梅雨《つゆ》の晴れ間で暑くなった今日は、お父さんが張り切って、うちのベランダでケバブのバーベキューをしていた。親戚のアリやロナヒ、子どもたちやお父さんの同僚たちも集まって来た。そのうち酔った人たちが歌まで歌い出したけれど、クルド語だから、私にはその意味がわからない。アーリンは参加するはずもなく、一人で部屋で動画を見ている。私も明日の予習のために勉強したいけど、仕方なく参加していた。

ロナヒが、歌を歌わない私に、あなたも早くクルド語を覚えなさい、と言った。

「せっかくここでなら、何も気にせずにクルド語を話せるのに。民族の言葉を喋らないなんて、もったいない」

トルコでは、クルド人に対する厳しい同化政策が行われた時代があった。第一次世界大戦後に建国されたトルコでは、以前からその地で生きていた様々な民族をトルコ人として一括《ひとくく》りにまとめて、トルコ語の使用を義務化した。クルド人は「山岳トルコ人」と呼ばれて民族としての存在はないものとされ、二〇〇〇年代に入るまで、クルド語の教育や放送が禁止されていたという。

これは、私が幼い頃にお父さんに教えてもらったことだ。禁止された時代があったのに、今も、クルドの言葉が残り続けていることは、すごいことだと思う。それはよくわかる。でも、喋れるようになってほしいと言われるほどに、強制されているようにも思えて、私はプレッシャーを感じてしまう。

肉が焼きあがり、ロナヒと一緒にみんなのテーブルに運んだ。

「飲め飲め！　食べろ食べろ！」

お父さんはいつも以上に上機嫌で、隣に座っている、同僚のウェラットの肩を抱いている。

「マズルムは、ウェラットがお気に入りね」

親戚のエミネが言う。お父さんが嬉しそうに、

「そりゃあ同じ村から出てきたからな」

と言うと、ウェラットもへへへ、と嬉しそうに笑って、私を見て目を細める。そのとき、アリが言った。

「未来の旦那だよ、サーリャ」

私は、思わずお父さんをじっとにらみつけた。

ウェラットが私の旦那？　そんなの勝手に決めるなんて許せない。

ウェラットはトルコの村で小さい頃から近くに住んでいてよく一緒に遊んだけれど、そんな気は全くなかった。お父さんはわざと目をそらして私を見ようとしない。

「まだ先のことだよ」

私を見ないでそう言うと、ビールをぐいっと飲む。

「もう十七だからねえ」

誰かが言う。クルドでは、今でも、そのくらいの歳で結婚することは多い。私のお母さんも、十六の時にお父さんと結婚したらしい。

でも、ここはクルドではない。私は黙って皿を持って、席を立った。台所に入って皿を洗う手に、怒りがこもってくる。

お父さんは何も言わなかったけど、今日はウェラットを私に会わせるための会だったんだ。

本当はずっと気がついてた。お父さんが、私にクルド人として生きてほしいと思っていること。クルド人と結婚して、クルド人の家族を持って、クルド人の血を絶やさずに、受け継いでほしいと思っていること。日本人とは結婚させたくないと思ってること。

私は自分の将来の夢について、お父さんと話したことがない。日本で先生になりたいと、口に出したことがない。もう、どう言ったらお父さんにわかってもらえるか、わからなくなった。

ベランダではお父さんたちが私にわからないクルド語で話して、手まで叩いて爆笑してる。私が何を考えているかなんて、気づいてもいないように。

だからだよ。だからクルドの言葉なんて覚えたくなくなるんだよ。

こんな言葉、わからないほうがいい。

＊

次の週末、聡太くんと東京側の河川敷で会う約束をしていた。バイト帰りでもなく、ただ、会おうということになった。これは、デートなのかな。

鏡に向かって、私はじりじりとアイロンの音を立てて、髪をまっすぐにする。振り返ると、お父さんが見ていた。私は構わずに、お母さんに似たウェーブの髪をまっすぐに伸ばし続けた。

私は、一番お気に入りのワンピースを着ていった。メイクもしてみた。お母さんが使っていた、オレンジのチークは濃くなってしまった。ずいぶん気合いが入ってるみたいで恥ずかしい。実際、入ってるんだけど。

梅雨は終わって、もう夏がすぐそこまで来てる。いつ蟬《せみ》が鳴き始めたっておかしくない。河川敷では、今日もいろんな人が自由に過ごしていた。ほぼ裸で、日光浴して身体を焼いている人たちもいる。

夏休みは、受験生にとっては勝負どきだ。私は予備校にも通えないから、自力で頑張って勉強しなくてはいけない。

クラスメイトたちは、自分の志望校がどんな大学なのか知るために、夏休みのオープンキャンパスに行く予定を立てていた。聡太くんも、大阪の美大のオープンキャンパスに行くと言う。大阪、いいね。行ったことない。行ってみたいな。

私たちはいつものように、橋の下に並んで座って喋っていた。聡太くんは、大学に入ってからも伯父さんのコンビニに縛られるのがいやだから、最初はただ、遠くに行きたかっただけだけど、探すうちに本当に行きたい大学を見つけたんだ、と言う。

「大阪、一緒に行かない？」

そう言われて、一瞬、橋を渡る車も、近くの鉄道橋を渡る電車も、川を流れる水も、空を飛ぶ鳥も、ぜんぶ静止したみたいな気がした。不意打ちだった。誘われるなんて、思ってもなかったから。

行きたい、けれど、大阪は県外だ。第一、お父さんが許すわけもない。

「私は、行けない」

「……そっか」

聡太くんの目の色が沈んだ。

「ごめんね」

「ぜんぜん、ぜんぜん、気にしないで」

聡太くんは、そう言いながら、虫に刺された腕を掻く。どうみても落ち込んでいた。この時私は、やっと、はっきりと、聡太くんの、好き、を感じた。きっとすごく、勇気を出してくれたんだ。それなのに、私は、まだ自分のこと、今の立場のことを、本当のことを、ぜんぶ言えてない。聡太くんが大阪へ行っちゃったら、私はもう、自分から会いにいけないんだな。そう思った。

夕暮れの空の下、周りにはだれひとりいない。ここは私たちだけの場所。大切な場所。でもここも、東京なんだ。

誰かに引かれた、私の国境の向こう側なんだ。

前を歩いていく聡太くんの猫背の丸まった背中を見ながら、草を踏む足の後につづく。

私は、ここを歩いちゃいけない。

歩みを止めた。聡太くんが、どうしたの、と振り向く。

「私、本当はこっちにきちゃダメなんだ」

「どういうこと？」

「小さい時、お父さんが国にいられなくなって、私たち、日本に逃げてきて」

言葉は溢れるけれど、うまく整理ができない。でも、何とか説明する。難民申請が却下されて、今は仮放免という仮の立場で暮らしていることを。

「今は……大丈夫なの」

聡太くんは、初めて聞いたことをどう飲み込んで、言葉をかけていいのかわからないように、下を向いて考え込んでいた。

「うん。でも、制限は色々あって、それで、埼玉から出ちゃダメなの」

「なんだよ……それ……」

聡太くんは、理解できないことに苛立つように、口に出した。

「しょうがないから」

しょうがないんだよ。私たちはずっとそうやって生きてきた。自分にそう言って、歩き出した私の腕を、聡太くんの手が掴んだ。

「しょうがなくなんかないよ！」

怒ってる。こんな強い聡太くんの声を、聞いたことがなかった。私は、驚いて、それから胸が熱くなった。

しょうがなくなんかない。そうだよね。しょうがなくなんか、ない。

私も、こんなふうに、怒っていいんだ。

聡太くんの言葉で、はっきりとわかった。誰かに勝手に引かれてしまった境界を越えたい。

怒ってくれてありがとう。言葉にしなくても、心がつながる、その方法を私は知っていた。

私の頬を、彼の頬につける。右、左と両頬に。そしてキスの音を、空に鳴らす。

聡太くんは気づいてないと思うけど、私の膝はぷるぷる震えてた。

事故にあったみたいに目をまん丸にして、固まる聡太くんに、教えてあげた。

「クルドの挨拶。こんにちはと、さようなら」

「……今のはどっち？」

「どっちでしょう」

それは、教えてあげない。太陽が去って暮れきった世界を、二人歩き出した。私たちの場所を、雑草を、土地を、踏んで、足音が生まれる。今、ここで、たしかに生きている。

夜の橋の上には誰もいなくて、横を車だけが通り過ぎていく。私たちは自転車を停めて、埼玉と東京、その境界にある看板に、いたずら描きをした。

二人で赤いスプレーを手に塗って、それぞれ看板にべったりくっつけて、手形をつけたんだ。聡太くんの大きい手と、一回り小さい私の手が、白い看板の文字の上に、くっきり赤く重なった。

私はここにいる。

なんの力もないかもしれない。でも、諦めない。

しょうがなくなんか、ない。

君がそう思わせてくれたから。

帰り道、家の前まで送ってくれた聡太くんに私は言った。

「私、大阪行きたい」

「お、おっけ」

照れる聡太くんを見て、私も照れた。自転車に乗って遠ざかっていく背中を、ずっと見ていたかった。

すごく心が弾んでいて、この気持ちは、きっと明日も明後日も続くだろう。そう信じられた。

二階の家につづくコインランドリー横の階段を、浮かれた気持ちで登った。まだ興奮の余韻が心にあって、ドアを開けるとき、息を吐いて心を落ち着けた。何にもなかったような声で、ただいまって言えたと思う。そのまま部屋に入ろうとしたけど、お父さんに呼ばれた。

「こっちに来なさい」

いつもより低い声に感じた。

居間に行くと、夕飯の皿が並べられた前に、お父さんとロビンが座って、私を待っていた。夕飯のことをすっかり忘れていた。もう、夕飯はすっかり冷めているようだった。いつもは気にならない扇風機の音が気になるくらい、静かな空間で、空気が、張り詰めていた。

「どこに行ってた?」

お父さんは私のことを逃さないというように、強い口調でそう言った。

「友達と会ってた」

私は、平静を装って淡々と答えた。

「あいつか?」

お父さんの真っ直ぐ見る目に捉えられて、私は嘘はつけないと思った。

「……うん」

「本当に友達か?」

お父さんは私から目をそらすことなくじっと見つめている。

「うん」

これは、嘘かもしれない。私たちは、ただの友達ではない。聡太くんとは、友達とか恋人とか、そういうのを超えたところで、もっと深い繋がりがあると私は思っていた。初めて、こんなに心を開き合える人に出会った。でも、不純な気持ちは全くない。

お父さんは変わらずに、真っ直ぐに私を見つめて聞く。

「言えないような関係じゃないだろうな」

「ちがう」

私が自分の心に素直に答えると、お父さんは、間髪《かんはつ》入《い》れずに聞いた。

「神に誓えるか」

少しだけ、お父さんの声が柔らかくなった気がした。

でも私は、神という言葉を出されて動揺して、お父さんから目をそらしてしまった。

「誓います」

答える声にもその揺れが出てしまった。

「もう会うな」

お父さんはまったく揺れることなどない、強い確信をもった声で言った。

そんなこと、できない。聡太くんといる時間は、私にとっては、混じりけのない宝ものみたいな時間だ。それは神様にだって、目をそらさずに言える。私は黙って、お父さんを睨《にら》んでいた。

そのとき、アーリンが部屋から出てきた。どすんどすんと、無遠慮に音を立てて、私たちの間を通る。

「おねーちゃん遅い。早く食べようよ」

お父さんは座り直すと、いつものように、食事の前のお祈りをする。両手のひらを上に向けると、私の右手だけ赤くなっていた。さっき、スプレーでつけた色。お父さんはそれを見ると、怪訝そうに目を細めた。

「手を洗って来なさい」

この赤は、いつもの赤とはちがう。聡太くんと、二人で感じとった、大切な、ここで生きている証《あかし》、その赤色だ。落としたくない。

「やだ」

「早くしなさい」

私は横に座るお父さんに向き直った。

「どうして会っちゃダメなの？　どうして、こんなお祈りなんて、しなくちゃいけないの？」

お父さんに反抗するのは、初めてかもしれない。でも、今、私はそれをしなければいけなかった。

「お前はクルド人なんだ。どこにいても、クルド人なんだ」

お父さんは、初めて自分の意思を示した私を、認めようとしなかった。いつもは温厚なその顔が怒りで紅潮していく。私を無視して、クルド語の祈りの言葉を唱え始めた。

お父さんは、私の気持ちなんかより、クルドが大切なんだ。お祈りなんて、どうでもよかった。

お父さんに盾突き、お父さんが何より大切にしているクルドへの思いを壊してしまいたかった。お父さんを侮辱したかった。

祈りの言葉、クルドの言葉を無視して、私は、雑に顔を手でなぞると、自分の両手を膝に強く打ち付けた。当たった衝撃音がバン、と響く。ロビンもアーリンも、見たことのない私の様子に目を点にしている。

「これで、満足？」

私の頬に、お父さんの手が飛んできた。殴られた。痛い。すごく痛い。でも、今だけは、絶対に負けたくはなかった。

だから、ぎっとお父さんを睨んで立ち上がり、自分の部屋に入った。

その晩、私は一度もお父さんと顔を合わせなかった。

同じ部屋で寝るアーリンはしばらくして恐る恐る部屋に入って来た。二人で布団を並べて寝るとき、アーリンが、

「意外とやるじゃん」

と呟いた。アーリンのその言葉に救われた。返事をしなかったのは、自分の高揚が

隠しきれないと思ったから。初めて自分の気持ちを丸ごと、お父さんに投げつけたことに高揚していた。嘘みたいだ。お母さんがいたら、こんなことはできなかっただろう。

まだじんじんと痛む、初めて殴られた頬が、これが現実だと教えていた。

その夜は眠れないまま、朝日が部屋に差し込んできた。

6

その翌日、私は学校に遅刻した。朝、階段を降りたら、自転車がなくなっていたから。いつもアパートの階段の脇に置いてあるのに。お父さんが隠したに違いない、直感でそう思った。

どこまで気がついているのか、恐ろしくなる。もしかして、東京でバイトしていることも、部活を辞めたことも、聡太くんと荒川の河川敷で会っていることも、ぜんぶ気がついてる？

自転車がなくなったことで、放課後、バイトに行くのがすごく大変になった。いつも自転車なら五分もかからない橋を、初めて歩いて渡ることで、橋の長さを改めて思い知る。アスファルトの上は焦げ付くような暑さだったけれど、それでも私は行くのを止めなかった。

お父さんは私にとって、この自転車がどんなに大切なものかわかってたはずだ。こうやって自由を奪うなんて、やりかたが、ただただ子どもっぽい。

その日の夕飯の時も、お父さんとは口を利かなかった。黙ったまま二人で料理を作り、皿を並べて、もちろん、お祈りもしなかった。じっとしたまま、お父さんが祈り終えるのを待った。

お父さんも、私と目も合わせない。自転車、どこにあるの？　と聞きたかったけれど、意地でも口を利きたくはなかった。そのまま、一週間ほどが過ぎていった。

お父さんは、仕事が忙しいらしく、夕飯に帰ってこない日もあった。それくらい、根《こん》を詰めて働いているようだった。毎晩遅くに帰ってきて、朝早く出かけていく。睡眠時間も削って働いていた。コツコツ、というお父さんの足音も、私たちが熟睡している時間に出て行ってしまうから、気がつかない。

私たちが朝起きると、その日の分の食事がすべて、居間に用意されている。そして、潰されたビールの空き缶が増えていることで、お父さんの帰宅を確認した。

対抗するかのように、私も私で橋を渡ってバイトに行った。

二週間ほどが過ぎた頃、さすがにこのままではお父さんが倒れてしまうのではないかと心配になった。

お父さんが、入管に呼ばれて出かけて行ったのはその頃だった。

そして、そのまま、帰ってこなくなった。

翌々日、山中先生から連絡があり、お父さんが入管に収容されたことを告げられた。仕事中に警官から職務質問を受けたお父さんは、身分証を提示することができず、県外での就労が知られてしまったのだ。

収容中に必要な、洋服や身の回り品を持ってくるように言われて、私は急いでお父さんのタンスから適当なものを見繕《みつくろ》って袋に詰めた。

次の日、私とアーリンとロビンは学校を早退して、お父さんに会いに行った。品川までの電車に、三人だけで乗ったのは初めてだ。

品川駅で待ち合わせた山中先生は、やっぱりまた同じスーツを着ていた。目が合うと黙って頷いて、私たちそれぞれの背中に手を触れて、

「よく三人で来れたね、よく頑張ったね」

とだけ言った。いつもの軽い調子で、特に深刻じみてなかったから、意外にお父さんはすぐに入管を出られるのかもしれない、と淡い期待を持った。

四人で一緒にバス停に向かうときも山中先生は、今日は学校で何したの、とロビンに聞いたりして、お父さんのことには特に触れなかった。

バスに乗って、たくさんの外国人と一緒に入管前のバス停で降りる。トラックでこの倉庫地帯に運ばれてくる、貨物みたいだと、いつもと同じように感じる。

いつもと違うのは、お父さんがいないことだった。

入管の上層階に上がるのは、初めてだった。これまで知り合いのクルド人がここに収容されたことはあったけれど、収容者に会いに行ったことはなかった。

受付でお父さんの荷物を渡す。ロナヒがお父さんのためにつくって、渡してくれたケルビスというクッキーは、これは、ダメです、と突き返されてしまった。

自分たちの荷物はすべてロッカーに入れて、預ける。スマホも持ち込み禁止だ。四人で検査機を通り過ぎて、面会室に進む。面会室は廊下に沿っていくつも横並びになっていて、壁が薄いから、隣の気配も感じる。

事務的な手続きに緊張してたから、ここで、収容されたお父さんに会う実感が持てていなかった。狭い部屋の真ん中にアクリル板を挟んで一列に椅子が並び、私たち三人と山中先生は座って待つ。

私は、お父さんと数週間にわたって口を利いてなかったから、どんな態度で会えばいいかがわからなかった。今、そんな感情を持ち込むべきじゃないことはわかるけれど、まだお父さんへの怒りも消えてない。

向こう側のドアから、職員に連れられて来たお父さんが部屋に入ってきて、私たちを見ると、優しく笑って小さく手を振った。きっと、私たちを心配させないためにそうしたんだろう。いつも見てきたお父さんの姿なのに、アクリル板を挟んでいることが、不思議でならない。

正面からまっすぐお父さんを見ること自体、私は久しぶりだった。

「働かなければ生きられないのだから、あなたがしたことは当然です。でも、一度ここに入ってしまうと、大変なんです」

山中先生は、ぼやくようにお父さんに告げた。いつ収容されてもおかしくはない状況だったけれど、働かずにどうやって生きていけというのだろう。

一度入ると大変、というのは、収容に期限がないからだという。確かに、ロナヒの夫、メメットももう二年以上ここにいるんだ。

「キャンプ行ける？」

ロビンが、毎年夏休みに一番楽しみにしている行事だった。

「たぶん、無理かな」

さすがに落ち込んだ声でお父さんが答えた。

山中先生が、代わりに一緒に行こうか、と言ったけれど、ロビンは、それなら行かない、と言った。

「私たち、日本にいられるんですか」

アーリンが泣きそうな声で言うと、肩を震わせて泣き始めた。いつも強がっているのに、お父さんがいなくなって、私よりも、よっぽど参ってしまっているようだった。だから、お父さんより先に私が答えた。

「大丈夫」

お父さんの大丈夫は、もう、聞きたくなかった。だって、ぜんぜん、大丈夫なんかじゃない。ずっと大丈夫なんかじゃなかった。

あなたが外に出られるように、訴訟の準備を進めましょう、と山中先生が言うと、お父さんは、お願いしますと頭を下げた。

それから、私をじっと見た。

「二人のこと、頼んだぞ」

今、トルコ語を使うなんてずるい。

「……うん」

「クルドのみんなのことも。お前が、しっかりしなさい」

三十分の面会時間が終わろうとしていた。お父さんは、立ち上がり、みんなに、じゃあね、と言ってドアの向こうに戻ろうとする。その背中に、私は声をかけた。

「私の自転車、どこにあるの？」

でも返事はないまま、お父さんは扉の先に行ってしまった。

久しぶりに言葉を交わしたけれど、やっぱりすれ違ったままだった。お父さんが収容されたのは家族のために働いていたからだ。それは分かっている。でも、まだ、謝る気持ちにはなれなかった。

私たち兄弟は、ロナヒの家に預けられる、ということになった。ロナヒの家はうちよりも狭いから、本当は行かなかったけれど、親が収容されてしまっても児童相談所に行かなくて済むように、そう説明することにした。以前、親が入管に収容された外国人の兄弟たちが児童相談所に行って、バラバラにされてしまったことがあったと聞いていたから、それを避けたかったんだ。

ロナヒは何度も、仕事が終わってから私たちの家の様子を見に来てくれた。自分の生活だけでも大変なのに、これまでお世話になったから、とお金も置いていってくれた。

生活するためのお金は、お父さんがこれまで働いて貯めていた通帳があったから、私がそこからやり繰りした。

「これは、本当はあなたの大学進学費用のために、マズルムが少しずつ貯めてたのよ」

ロナヒが言った。そのために、最近は一層仕事を増やしていたのだ、と。

お父さんがそんなふうに考えてくれていることを、私は知らなかった。

夏休みが始まった。私は相変わらず、バイトと勉強の日々だった。バイトは毎日シフトを入れて、朝から働いた。三十度を超える真夏日が続いても、歩いて橋を渡った。

お父さんが捕まったということは、クルドコミュニティですぐに広まった。みんな、心配して訪ねてきてくれた。何かあったら言ってね、と声をかけてくれる。

でも私への頼まれごとは、変わらずに多かった。

久しぶりにバイトが休みだった日、私は台所の机で、ロナヒに頼まれた市役所への書類を書いていた。ロビンはずっとひとりでパックマンをやり続けていて、外から聞こえてくる蟬の声とゲーム音が部屋に響いてうるさい。

外から帰ってきたアーリンは私が書類を書いているのを見て、

「まだクルドの手伝いなんかしてんの」

と冷たく笑った。当たり前でしょ、と答えて書き続けていると、

「今うち大変なんだから、断りゃいいのに」

と言って、冷房をつける。大変だとわかってるなら、電気代のかかる冷房なんかつけるな。毎日遊び歩いて、家のことも手伝わないで、何が大変なんだよと不満が湧き上がってくる。

「じゃあ、あんたがどうにかしてよ」

「私、関係ないもん。お姉ちゃんが甘やかしすぎたから、みんないつまでも日本語覚えないの。自業自得だよ」

「は？　私のせいなの？」

「せい、とは言ってないけどさあ」

アーリンは居間のソファに身体を投げ出して、呑気に麦茶を飲む。

ぷつん。その時、私を保ってきた、大切な糸が切れてしまった。私は、台所の壁に何枚も貼ってあった、クルド人仲間からの頼まれごとを書いた付箋《ふせん》を、すべて剥がしてぐしゃぐしゃにした。

剥がす時に手を思い切り壁に叩きつけたら、どん、と、思ったより大きな音が出てしまったけど、今の私の怒りを代弁してくれる音だった。アーリンはそれを見て、「何、キレてんの」と言う。ロビンは、びっくりしたようでゲームをする手を少しの間止めたけれど、またすぐにやり始めた。

もう、この家に居たくなかった。ひとりで飛び出したかったけれど、ロビンを置いていくことはできなくて、連れて家を出た。でも、どこへ行けばいいのか。迷ったけど、聡太くんに電話すると、今、家で絵を描いているから来たらいい、と誘ってくれた。


東京側に橋を渡ったところから、さらに十五分ほど歩いたあたりに聡太くんの家はあった。マンションや一軒家が並ぶ静かな住宅街の中に建っていて、白い壁に緑色の雨戸がおしゃれだ。大きな木や、花の手入れも行き届いた芝生の庭があって、そこにはお手製らしい、聡太くんの絵に使う道具入れもあって、たくさんのスプレー缶や筆などが置かれている。芝生の上に布を敷いて、その上に紙や段ボールを並べ、三人で絵を描き始めた。ロビンは、スプレー画にすぐに夢中になった。

さっきの騒ぎも全部忘れたみたいに楽しそうなロビンの姿を見ているうちに、私も、今日のアーリンとの喧嘩も、お父さんが捕まったことも忘れて、スプレーから色を溢れさせることに熱中した。

いつの間にか時間が過ぎて、西日が傾いてきた頃、聡太くんのお母さん、のりこさんが帰ってきた。私はちょっと緊張して、はじめまして、と挨拶をした。小柄でふっくらしていて、おしゃれに髪を編み込んでいるお母さんは、これー、また随分やったねー、と私たちの描いた絵を見て、にこにこ笑ってくれた。私たちが外国人であることなんて、何にも気に留めてない様子だった。こういう大らかなお母さんだから、聡太くんは、ああいう感じなんだなって、すぐに納得いってしまった。

夕飯食べて行ってね、と言われて、私がのりこさんの料理の手伝いをしている間、ロビンは暗くなってきた庭でいつまでも、聡太くんと二人でスプレー画を描き続けていた。

初めて入る日本人の家のキッチンには、見たことのないものがたくさんあった。赤いおしゃれな冷蔵庫とか、大きなオーブンレンジ、大きなテーブル。

のりこさんは、私がキュウリを手にもって、キッチンナイフで細かく切るのを見て、すごく驚いてた。

「すごい切り方！　まな板使わないのね」

「家ではいつもこうなんです」

私はのりこさんに、お母さんがもういないことや、うちではいつもお父さんと、故郷の料理を作っていることを話した。初対面なのに、のりこさんには不思議と、すごく自然に話せた。嘘はつきたくなかったし、つこうとも思わなかった。

「サーリヤちゃんはどこの国から来たの？」

「クルドです」

「クルド？　わからないけど、なんか、かっこいいね！」

のりこさんはそう言って笑う。すごくあっさりしていて、こんなに簡単なことなんだ、とむしろ私は驚いていた。他の友達にとっても、もしかしたら、これくらいのことなのかもしれない。のりこさんは、うちはお父さんがいなくて二人だけなのに、聡太は家事も手伝わないで、最近はアートのことで頭がいっぱいだと言った。将来はどう考えているんだろう、と。聡太くんはまだ、お母さんに大阪の美大に行きたいと思っていることを話せていないようだった。

「私、聡太くんの絵好きです」

と、私が言うと、

「本当に？」

という、のりこさんの声が、自分のことみたいに弾んでた。私はそれが、すごく羨ましかった。

「お母さんが夢を応援してくれるなんて、羨ましいです」

「親は子どもの幸せが一番だから。聡太には、自分のやりたいことをやりきってほしいかな。サーリャちゃんのお父さんも、きっとそうだよ」

のりこさんは愛おしそうにそう言った。

私のお父さんは……そんなこと、思ってくれてない。勝手に結婚相手を決めたり、自転車まで隠したりして、私の自由を奪おうとする。それも私の幸せのためだと、思ってるのかもしれないけれど。全然わかってない。

のりこさんの作るカレーライスは、大きめの野菜がごろごろ入っている、甘い豚肉のカレーだった。うちでは普段豚肉は食べないけれど、学校の給食とか、いつも食べるラーメンにも入っているから、ぜんぜん苦手じゃない。むしろ好きだ。ロビンも嬉しそうに食べている。

「お父さん、心配してない？」

四人でテーブルを囲みながら、のりこさんが気を使ってくれた。

「はい、大丈夫です」

つい、嘘をついてしまった。せっかく自然に話せていたのに。

「サーリャのお父さん、めっちゃ面白いんだよね、めっちゃ髭生えててね」

聡太くんが場を盛り上げるように言うと、ロビンは俯いてしまった。

「どうしたの、ロビンくん……？」

のりこさんが心配そうに首を傾げる。私は、のりこさん、聡太くん、ロビンを見た。この人たちの前で、また、嘘は重ねたくなかった。のりこさんと聡太くんなら、本当のことを話しても、きっと受け入れてくれるに違いないと思った。

「実は、今、お父さんは家にいないんです。入管、入国管理局に、収容されていて……」

「どうして？」

「ずっと難民申請をしていたんですけど、それがダメになって。ビザもダメになっちゃって。だから、日本にいちゃいけなくて、いつ、捕まってもおかしくなかったんです」

「サーリャちゃんも？」

「はい」

のりこさんはそのまま、言葉を失ってしまった。

「ごめんね、想像が追いつかなくって……」

手で顔を覆って、黙ってる。私とロビンも黙り込む。聡太くんが、空気を戻すように言ってくれた。

「カレー、食べようよ。冷めちゃうから」

のりこさんがふーっと息を吐き出す。

「そうだね。今日は、いっぱい食べて、泊まってってね」

「ありがとうございます」

そのとき、ロビンが言った。

「だめなんだよ。橋のこっちに来たら」

ロビンの言葉で、のりこさんがまた固まる。

「どういうこと？」

「……住んでいる県から出たらダメなんです。だから埼玉から東京に来ちゃいけなくて」

私は、仮放免のルールを説明した。私から話すうちに、聡太くんは、下を向いた。自分は知っていたのに、私たちを家に呼んでルールを破らせてしまったことに責任を感じていたのかもしれない。のりこさんはその姿を見て、

「もしかして、聡太もそのこと知ってたの？」

と、ちょっと厳しい声で聞いた。聡太くんは、答えられずに下を向いていた。

「でも、サーリャちゃんはうちの兄さんの店でバイトしてるんだよね」

それを聞いた聡太くんが、ちょっと、と言ってのりこさんを部屋から連れ出して話しに行った。二人が戻ってくるまで、きっとほんの数分だったけれど、ものすごく長く感じられた。

戻ってきたのりこさんはごめんごめん、と言って、さっきまでと同じように笑って話しかけてくれたけど、聡太くんがあんまり笑ってなくて、会話にも入らないのが気になった。

最後に玄関で見送ってくれた時も、一瞬しか目が合わなかった。

ロビンは聡太くんの家がよっぽど楽しかったみたいで、聡太くんと一緒に段ボールで作ったヘビみたいなアートをもらってきて、ずっと手に持っていた。寝るときもすぐそばに置いて持ち続けたからか、ヘビの尻尾が少し、しおれてた。

その夜、聡太くんに、今日はありがとうってラインしたけど、二時間くらい経ってようやく、ううん、とだけ返ってきた。その後私は何も送れず、ただその「ううん」の気持ちを考えてた。

＊

私は、ロナヒの友人のヴェーカスから頼まれていた病院の付き添いを、本当は行くことができたのに、行けなくなったと断った。その他の頼まれごとも、全て断るようになった。

心配したロナヒが会いに来た。私が好きなキョフテを持って来てくれた。

「どうして断ったの？　みんな困ってるわ」

ロナヒは顔をしかめて言う。

「私も、自分のことで精一杯だから……」

私はロナヒを見ずに答えた。

「お願い。あなたのこと、みんな頼りにしてるの」

ロナヒが私の肩に触れようとしたけど、私はそれを避けた。

「いい加減にしてほしいの。みんな私に甘えてばっかりいないで、自分で日本語覚えればいいじゃん。もう私のことはほっといてよ」

こんなに強い口調で、ロナヒに気持ちをぶつけたのは初めてだった。

「……そうね。ごめんね、サーリャがそう思ってるなんて気がつかなくて」

とても悲しそうな顔でそう言ったロナヒは、それから家に来なくなった。


聡太くんとはどちらからともなく、一歩、二歩と遠ざかって行くようだった。

彼の家に行った日から、なんとなく連絡しづらくなって、向こうからのラインもなく、バイト先以外では会わなくなった。仕事が終わった後に、河川敷に行くこともなかった。

「いつ大阪行くの？」と、何度かラインを送ろうとしたけど、送ることができない。お父さんがいないのに、妹と弟を置いていくのか。日帰りだったら大丈夫か。そもそも自分は本当に大阪に行きたいのか。ただ聡太くんと二人で行ったことのない場所へ、ここではない場所へ、行ってみたかった。それだけだった気がする。

いつもこうして、私は大きな波に流されてしまう。しょうがない、の波に。聡太くんのことで初めてお父さんに反抗したけれど、それだってただ、流される波が変わっただけのことにも感じる。何も自分で決められなくなってしまった気がした。受け入れることも、拒否することもできず、ただ、流される。

行きたいか、行きたくないか。何になりたいのか、なりたくないのか。クルド人か、日本人か。生きているだけで、選ばなきゃいけないことで溢れてる。

私には自分が何を望んでいるのか、こんがらがり、訳がわからなくなってしまっていた。こんな自分が嫌いでたまらない。憎しみさえ感じる。

それでも、聡太くんとともに居たいのなら、連絡をすればいい。でも、迷惑かもしれない。その夜もスマホのトーク画面を開いたまま思いを巡らせていると、聡太くんからラインが届いた。開けたままにしていたから、トークを見ていたことが知られてしまって恥ずかしい。でも、

「明日、バイト終わったら話そ。大阪のこととか決めたい」

その言葉を見たら、私のそれまで考えたことなどどこかに吹き飛び、自分を憎んだことさえ忘れてしまいそうになった。また大きなうねりに流されている。

ただ暗い部屋で光るその液晶を何度も見返して、ぜんぜん気にしていなかったかのような文面を心がけて、短く返事をした。

八月に入り、外に出ただけで汗も吹き出す炎天下、今日も荒川の橋を歩いて渡って東京のYマートにいく。東京と埼玉の県境の看板に、「落書き禁止」と大きく書かれた張り紙がされていることに気がついた。私と聡太くんの手形は、綺麗に消されている。あの日のことも、今の私のことも、ここに生きる気持ちも、まったく知らない誰かに丸ごと否定されたようだった。

その日のバイトの終わり近く、私は店内で品出しをしていて、聡太くんはレジにいた。お互いのシフトが終わるまであと一時間ほど。客はいつも以上に少なく、私たちは目を合わすでもなく、でもお互いがお互いの存在を感じてたと思う。

今日は、久しぶりにまた河川敷に行きたい。夕立が降ると天気予報で言ってたから、橋の下が良いかもしれない。そう考えていたとき、店長に呼ばれ、休憩室に連れて行かれた。事務机の前の椅子に、向かい合って座る。

「在留カード見せてくれる?」

店長はいつもと同じ優しい顔だったけど、もう全てわかっているようだった。

私はアルバイトを始めたときに見せた在留カードをもう持っていないことを告げて、仮放免許可書を見せた。しばらく店長は黙ったまま、眉間《みけん》に皺《しわ》を寄せ、言葉を探しているようだった。

「先月から、この、働いちゃいけない資格だったってこと？」

「……はい」

「さっちゃん頑張ってくれてたけど……不法就労はさせられない」

店長はそう言って、いつもの給料袋を差し出した。

「就労禁止になってからの一ヵ月間、働いてたことは内緒にして。これ、お給料と少し多めに入れてあるから」

私が給料袋を受け取れずにいると、店長は横の机に置いた。

「あと、聡太と会わないでほしいんだ」

「……どうしてですか？」

「あいつの母親が心配してるね。あいつのことも、さっちゃんのことも」

会わないでほしい……店長の言葉が私の頭の中で反響していた。本当にそんなこと、あのお母さんが言うのか。店長が身内を守るためについた嘘かもしれない。でも、二人のことを心配している、という言葉に嘘はない気がした。

「おせわになりました」

頭を下げて立ち上がると、店長がお弁当を三つ包んで、私の手に持たせた。店長は悪い人じゃない、むしろいい人だと思う。でも、こうすることで自分が楽になりたいだけのようにも感じた。いつかこの時のことを店長が思い出すとしたら、きっと弁当を渡した自分のこともセットで思い出す。俺の正しさ、俺の優しさ、としてきっと思い出す。思い出しすらしないかもしれない。でも、私は思い出す。きっと何度も。そう思いながら、お金も、お弁当も、受け取ってあげたんだ。私も自分のこの優しさを思い出せばいい。

私がそのまま店を出て行くと、何かあったらしいと気がついた聡太くんが、追いかけてきた。

「どうしたの？」

でも、私は聡太くんの顔を見てはいけないと思う。見たら、泣いてしまいそうだ。全部話してしまいたくなるから。夕立が、ざっと降り出すのを頬に感じた。早足で歩きながら答える。

「クビになった。不法就労だから働かせられないって」

「……ごめん。俺から伯父さんに頼んでみるから」

聡太くんは本当に自分が言えば、店長が翻意《ほんい》すると信じているかのようだった。それが不法であるとかは、彼には関係ない。私は強く言った。

「頼まなくていい。大阪も一人で行って」

聡太くんが打たれたように立ち止まる。

「なんで？」

「…………」

「申請すれば行けるって……」

「そうじゃなくて。行きたくなくなった」

「…………」

聡太くんは何も答えなかった。捨てられた犬みたいに純粋無垢な真っ直ぐな目で、私を見ていた。でも私はそんな聡太くんを置いて歩き去った。

聡太くんはきっと私よりも、何度も今のことを思い出すんだろう。私は生まれて初めて、人を傷つけようとして、そして本当に傷つけてしまった。自分を傷つけた人には忘れずに思い出せと願い、自分が傷つけた人にはどうか忘れてほしいと願う。この一日に起きた出来事で、私は自分の思考の都合の良さを思い知った。

コンビニに傘を忘れた私は、ずぶ濡れで橋を渡った。行きよりも帰りのほうが橋はもっと、ずっと、長くなったようだった。脚も身体も、引きずりたくなるぐらいに重かった。顔を流れる水滴は、雨と涙が混じってた。

この川も、橋も、私を聡太くんと隔てるためにあったかのように感じる。

「もしもし、山中です。お父さんいなくて大変だと思うけど、大丈夫？」

「はい……」

蝉の声が響く部屋で、私は英単語の勉強をしていた。

ロビンは家の前の公園に行ったし、アーリンは今日もどこかに出かけたみたいだ。もう日が落ちてきたから電気をつけなくちゃ、そう考えていた時に山中先生から電話があった。

「親戚とか頼れる人がいるってお父さん言ってたけど、頼れてるの？」

「大丈夫です」

本当は、ロナヒと喧嘩してしまってから、クルド人たちからの連絡は全て無視していた。

「聞いてると思うけど、ロナヒさんの夫のメメットさん、仮放免されることになったんだ。二年間もの収容はあまりにも長かったけれど……唐突に許可が出たんだ」

「よかったです……」

山中先生は、とても言いづらそうに、「まだ、大事な用件があるんだ」と言う。

「実はお父さんが、急に訴訟をやめたいと言い始めてね」

「……どういう意味ですか？」

「なんでそんなことを言いだしたか、僕にもわからない。収容されていると気力を失ってしまうこともある。つまり、入管の中はそれくらい過酷な環境なんだ。でも僕はね、ずっとお父さんの信念を信じてきたから、納得できないんだよ」

とにかく先ずは、お父さんの声を聞きに行こうと、翌日、私たちは入管を訪ねた。

面会室の扉が開いて入って来たお父さんは、アクリル板越しにも、一ヵ月ほど前に会った時よりずっと疲弊しているように見える。毎日セットしていた髪も、髭も、手入れされないまま、ぼわっと広がっている。白髪が増えたようにも見える。久しぶりに見たからそう感じるのか、それとも……。

今日はお父さんを詰問するつもりで来たのに、言葉が喉に張り付いて出ようとしない。山中先生が口火を切ってくれた。

「どうしてますか、大丈夫ですか？」

「はい。クーラーがつかない代わりに、ご飯が冷たい。最高のオモテナシです」

山中先生はそれを聞いて、「ははは」と室内に響き渡るくらい笑う。

どうしてそんなふうに笑えるのか。お父さんの冗談は、いつもはもっと、あったかい。こんなちくちくした棘《とげ》は持ってないのに。山中先生は私の視線に気がついたのか、

「ごめんごめん。でも、冗談が言えるくらいでよかった。本当に追い詰められたら言えないでしょう」

と言った。私も、そうであってくれと心で願う。お父さんに向かって聞いた。

「裁判やめるってどういうこと?」

「ああ……俺はやめるよ。お前たちはしたらいい」

お父さんが、放り出すように言った。

「……お父さんは?」

「帰ることにするよ」

その言葉を聞いて、一瞬時が止まったように、私は、言葉を失った。

「……何言ってんの」

「このままここにいたらおかしくなるから」

お父さんが発する言葉には、ただの投げやりや思いつきではない、確かな意志があるように聞こえた。その上で、トルコに帰ると言っているのだ。

山中先生も、お父さんが国に帰るという話は初めて聞いたようだった。

「帰ったら危険なことはわかってるでしょう」

「そうだよ帰ったら捕まるって」

「マズルムさん。ご自分の足の傷を見ても帰るだなんて言えるんですか？　日本での生活も、これまで、訴えてきたこともすべて捨てて帰るんですか」

山中先生の言葉に力が入る。

「帰らせるのは日本でしょ」

言葉を遮《さえぎ》って食い気味に言い返す、お父さんの迫力に私は言葉を失った。

「確かにその通りです。僕だっておかしいと思ってます。だからこうやって方法を探しているんじゃないですか？」

山中先生の言葉にお父さんは答えないで、ただ俯いて自分の指をこすり合わせている。

「よく考えてよ」

私はすがるように言った。すると、

「……俺には居場所がないんだよ」

お父さんは急に、子どもに返ったみたいにそう言った。まるで私のほうが大人になったみたいだ、と思った。

ずっと私が好きだった強いお父さん、心から信じてきたお父さんはもう居なかった。

いくらここが辛いからって、こんなに急に子どもたちを見放すようなことを言うなんて、あまりにも自分勝手だ。

もしかしたら、お父さんはこの収容生活で、本当に弱って気がおかしくなったのかもしれない。でも、私は自分の怒りをお父さんにぶつけるしかない。感情が溢れて、語気は強まり、ほとんど叫びになっていた。

「私たちは？　私たちの居場所は？」

「……大丈夫。また会えるよ」

お父さんは弱々しく言った。

「勝手に連れてきたくせに、今度は置いて行くんだ？」

私は心の底から叫んだ。お父さんに、この言葉が届いたような感覚があった。でも、お父さんは宙を見て何も答えない。

「勝手すぎる」

さらに言葉を投げつけて、私は面会室を飛び出した。サーリャちゃん！と呼ぶ、山中先生の声が背中に響く。

私は、突然、とてつもなく広い海に放り出されたような気持ちだった。私にとって、何よりもどっしりとした大地のような存在だったお父さんは、もうここには居ない。

一階に走り降りて、管内の廊下を歩いていくと、アジア系の男性がロビンと同じくらいの幼い女の子と抱き合っていた。そのすぐ隣で、女の子の母親らしい女性が目頭を押さえている。

私は吸い込まれるようにその家族に近づいた。女性は不思議そうに私を見た後、優しく微笑む。私は彼女に会釈して入管の外へ出た。

聡太くんとの関係も終わり、お父さんへの信頼も消えた。やりどころのない気持ちを、私は勉強にぶつけた。大学にさえ行ければ、すべてどうにかなるかもしれないと信じた。持っている参考書の例題を何度も何度も解き直し、英単語と歴史の年号を覚え、志望している大学の推薦入試で必要になる小論文の練習にも力を入れた。それ以外のことは何もする気にならなかった。食事も作らず、家の中にはカップラーメンや、ペットボトルが散乱していく。誰も掃除しない部屋は、すぐに、ぐちゃぐちゃに、ゴミだらけになっていった。

7

高校生最後の夏が終わり、二学期が始まった。みんな、より一層受験へと集中して、時間を惜しんで、休み時間も勉強をする人が増えた。

九月の中旬、私は進路面談に呼ばれた。夏休みに入る前、私は原先生に仮放免になったことを伝えていた。先生は大丈夫だろうと言っていたけど、推薦を希望していた大学に確認をとってくれることになっていた。

指導室に入り、先生に向き合って座った。先生は、言いづらそうに口を開いた。

「……あの学校は、推薦できないことになった。でも、他にも行ける学校はあるから大丈夫。また次を見つけよう」

私は言葉を失っていた。他のクルド人の高校生が、ビザを失ったせいで決まっていた大学や就職の内定を取り消された話を聞いたことがあった。それでも、自分はきっと大丈夫、どうにかなると信じてきた。先生も大丈夫だろうと言っていたし、大学に進学したことで、留学ビザを取得することができた人もわずかにいた。でも、私は推薦と奨学金をあてにしていたから、大学に行く費用はもちろん、受験のための費用すらない。原先生はいくつかの専門学校を薦めてくれたけど、それでは私の目指す小学校の教員資格を取ることはできない。

「私、小学校の教員になりたいんです……ずっと、それが夢で……」

先生は頷きながら私の話を聞いて、

「よし、わかった。行けるところを見つけよう。ビザがなくても行ける大学もあるはずだ。サーリャなら大丈夫。受験、頑張ろうな!」

先生は力強くそう言ったけど、先生のポジティブさは、私の絶望をより一層深めた。先生は何も悪くない。でも、自分のことじゃないから、そんな風に気軽に言うことができるのだと感じる。

「頑張ってます」

声にならない声だった。

「ん？」

先生には届かなかった。だから、今度ははっきりと声にした。

「もう、頑張ってます」

「……そうだな」

先生は上の空のように答えると、本をめくる手を動かし続けていた。

みんなが自分の望むところに、進学できるわけではない。それぞれの家庭の事情もあるだろう。そんなことはわかっているけれど、そもそも、行き先を選ぶ資格さえ持っていないのは自分だけだろう。私には選択権すらなくなってしまったのだ。

それから、空いた推薦枠には、しーちゃんが選ばれたことを知った。それを私に教えてくれたまなみにも意外な出来事だったらしく、

「しーちゃん、いつもさっちゃんにノート借りてたくせにね」

まなみはそう言って意地悪そうに笑った。しーちゃんとは、ついさっきも仲良くじゃれあっていたのに、本人がいないところでこういう風に言うなんて、ちょっと意外だった。

「よかったじゃん」

私の口からはその言葉が機械的に出てきたけど、そう思っていないことは、まなみ

にも伝わっただろう。たまにはさっちゃんも遊ばなくちゃ、とまなみは放課後に、私を街へ連れ出した。

今日は奢《おご》るから、と言ってまなみが私を連れて行ったのは、川口駅前のカラオケ店だった。二人で部屋に入ると、まなみは次々に曲を入れる。私があいみょんの曲を歌っていると、ノックをして中年のおじさんが入って来た。太っていて、黄色い派手なネクタイをしたスーツ姿のおじさんは、急いで来たのか、ハアハアと息が荒い。

部屋を間違えて入ってきてしまったのかと思っていると、まなみが「遅いよー」とそのおじさんに言った。「ごめんごめん」と、おじさんは汗まみれの顔をしわくちゃなハンカチで拭きながら、まなみの隣に座った。

親しげに会話する二人に、私は呆気《あっけ》にとられた。すると、まなみがおじさんを見ながら紹介した。

「あ、このひと、私のパパね」

おじさんが、嬉しそうに言う。

「そうそう、まなみのパパです」

「初めまして」

畏《かしこ》まって頭を下げる私の様子を見て、まなみが小さく笑う。

「さっちゃんでしょ？」

おじさんは私に言った後に、まなみのほうを見て、にたにたっと笑った。

「はい……知ってるんですか」

私は自分のお父さんにまなみやしーちゃんの話をしたことがなかった。

「可愛い子がいるって、よくまなみちゃんから聞いてるから」

「ちょっとー、ほんとのパパはちゃん付けしないでしょー」

まなみが柔らかそうな頰をぷくっと膨らませる。それを見て、

「ああ、そうだった。失敬失敬」

おじさんが、がははと笑う。

「もー」と言いながら、まなみもおじさんの肩を叩いて、きゃはーと楽しげに笑っている。結局どっちなのか。お父さんじゃないなら、なぜ一緒にいるのか。意味がわからず見ている私を差し置いて、まなみはまた曲を入れ始めた。

まなみはそのおじさんの喜ぶことならなんでもお見通しといった感じで、二人で見つめあってデュエットをしたり、おじさんの歌に合いの手を入れたりする。その様子を見て、この二人が親子じゃないことははっきりわかった。

おじさんは、ずっと上機嫌で、たまに、「楽しんでる？」などと私のことも気にかける。ハニートーストも頼んでくれた。「歌ってよ」と促してくるので、丁重に断る。ノリノリの二人の横で、私は居心地が悪かった。

「今日のネクタイ、可愛いね」

まなみがおじさんのネクタイをいじりながら言った。おじさんの黄色いネクタイにはキリンが描かれていて、確かに可愛らしい。

「ああ、これ？　娘がくれたんだよ」

「……いくつなんですか」

私が思わず聞くと、

「今、大学生。もっとちっちゃい頃に父の日にくれたやつ。今じゃ口も利いてくんないからさー」

おじさんはあっさりとそう言った。

私も、お父さんに贈り物をあげたことがあった。中学生の頃、お母さんと一緒に、近くのショッピングモールで買った、赤いポロシャツだった。お父さんは喜んで、何度も洗って赤い色もあせたその服を、今でも着てる。私はそれを入管にも持って行ったから、今日ももしかしたら着ているかもしれない。暑くて狭い入管の部屋の中で。

お父さんのことを考えていたが、まなみの大きな笑い声で現実に引き戻された。

まなみはおじさんの面白くもない話を、手を叩いて笑いながら聞いて、おじさんが口元につけたクリームを拭いてあげている。気づくと、二人は手を繋いでいて、ぞっとした。でもまなみ自身も本気で楽しんでいるように見えた。

二時間が経つと、おじさんは一万円札をテーブルに置き、じゃあまたね、と出て行った。

私は、まなみにずっと聞きたかったことをぶつけた。

「まなみ、いつからこんなことしてるの？」

「えーっと。たぶん、夏休み入る前からかな」

明るく淡々と答えるまなみ。

「楽しいの？」

まなみは、ふっと鼻で笑うと、大きく息を吐き出す。ウェットティッシュで手を念入りに拭く。

「楽しそうに見えたなら、まなみ女優になれるかも」

まなみは、満足そうに笑う。まなみはいつも可愛くて、幸せそうだったのに。とも君もいるのに。

「とも君は知らないんでしょ、このこと」

「あー。別れた。とも君、なんか受験に集中したいからとか言って。でも今、予備校で会った子と付き合ってるんだよ。終わってるよね」

あははと、まなみは笑って言う。ただのバイトだよ、また一緒にやろうよ、さっちゃん可愛いから、その気があればいつでもパパを紹介するよ、とまなみは言いながら、五千円を渡す。

「パパ活なんてやめたほうがいい」

と、私は強く言った。

「私にも色々あんのよ」

まなみはちょっと疲れたようにそう言うと、少しだけ残っていたジュースを飲み干した。

私も自分のことをまなみに話していなかったけど、まなみも私に話していないことがたくさんあるのかもしれない。ふとそう思った途端に、まなみの一挙一動がまったく知らない人のもののように感じられた。

「おそろのトレーナー買いに行こうよ。だから元気出せって」

どん、とまなみが肩をぶつけてくる。私に触れた、知らない肩。すごく細く見えるのに、痛いくらいの力がある。

自分のもつ時間、そして自分そのものを消費され、相手が喜び、自分は金銭を得る。何が悪いの？　肩にじんわり残った痛みに、そう問われている気がした。でも、私はこんなことをした自分を知られたくない。

誰にだろうか。聡太くんに？　最初に浮かんだのは、お父さんだった。

こんなことを知られたら、お父さんは顔を鬼みたいに真っ赤にして怒るだろう。頬をビンタするくらいじゃ済まないかもしれない。どうしよう。私は急に不安になる。

大丈夫。知られるわけない。

おじさんからもらった五千円は、生活費に充てた。家に残っていたお金と私がバイトで貯めていたお金を合わせても、生活費が足りなくなった。

待ってもらっていた家賃の滞納が二ヵ月分まで膨らんでいる。大家さんも、払わないなら来月には退去してもらうしかないと、ついに直接言いに来た。

私は、躊躇《ため》いながら、でもロナヒには頼りづらくて、アリを訪ねた。アリは、お財布にあるだけのお金をくれた。でも、六千円だけだった。また今度家に持って行くよ、と言ってくれた。そのとき、何か気づいたように、あ、とニヤリと笑う。

「未来の旦那がいるよ」

「やめてよ」

私の言葉を無視して、アリは大きな声で叫んだ。

「ウェラット！」

同じ仕事場にいたウェラットがすぐさまやってきた。私は急いで歩き出してその場を離れたけれど、ウェラットはついてきた。

「大丈夫？　なんでも俺に言ってよ」

本気で心配してくれているのが、よくわかる。でも、だからこそ、ウェラットに甘えたくなかった。

「大丈夫だから」

「俺が嫌い？」

この人は、何もわかってない。嫌いとか好きとか、そんなことじゃなく、他の人に勝手に自分の道を決められることへの怒りがないのか。自分の意思がないのか。私の中で怒りが沸き上がる。無視して歩き続けようとすると、腕を摑まれ、止められた。

ウェラットが私をじっと見つめて言う。

「日本に来れたのもマズルムのおかげだし、君のために何かしたいんだ。クルド人同士、助け合おう」

力強く摑まれた手が、痛い。

「……私は違う」

「クルドだろ？」

私は力なく下を向く。

「…………」

小さく首を振ることしかできなかった。ウェラットは理解できないというように、手を離した。

今の私は無力だ。自分の道も自分で選ぶことができない。

もう頼れる人は誰もいなかった。自分の力でどうにかするのだと、私は心に誓った。

私は、まなみに教えてもらって、パパ活を始めることにした。間違っていることはわかっているけど、社会に出ることを許されていない私は、結局、自分を商品にするしかなかった。結婚して養ってもらうことと、知らない男の人からお金をもらうのと、そんなに違うのか。自分でもわからなくなった。ずっと、自分の力で生きていくために、頑張ってきた。こんなことするために、勉強してきたんじゃない。こんなことするために、生きてきたんじゃない。

でも、家賃を払わなければ住む場所もなくなるし、ロビンやアーリンの食費も稼がなくちゃいけない。まなみだって、やってる。誰にも知られず、密かに。今の私には、これ以外に、何も自分でできることが思い浮かばない。

新しく作ったツイッターアカウントで相手を募集する。プロフィールの名前は、さっちゃんにした。一時間いくらか、先払いか、後払いか、何をしていいか、何はNGなのか、ルールを書いて投稿すると、すぐに男の人から連絡が来た。写真も何も載せてない、高校生ということしか書いていないのに、ツイッターの通知が止まらなくなった。

でも、この人たち全員と会えば、家賃も余裕で払える。そんなことが頭に浮かんだ。中では一番、感じの良さそうだった人に返事をして、土曜日に、会うことにした。

佐伯《さえき》と名乗った男の人と、川口だと知っている人に見つかるといけないから、池袋で待ち合わせてカラオケ店に入った。

その人は、私を見て、日本の子じゃないの？　と一瞬、顔をしかめた。ベルギー出身です、日本で育ちました、と言った。ベルギーと言ったのには何も理由はなくて、でもそう言ってみたらもう本当に自分が何人なのか、わからなくなった。

連れられて行ったのは、この前まなみと行った店と同じカラオケのチェーン店だった。ここは、パパ活で使いやすいのかもしれない。

スーツを着ているその人は、この前のおじさんとはだいぶ雰囲気が違って、歳はこの前の人と変わらないのに、顔つきも体型もすっきりしていて若く見えた。

こんな人もパパ活をするんだ。今日は、いい人にあたったかも、と思う。でも、二人で狭い部屋に入ると、やっぱり私は緊張して身体が強《こわ》ばった。おじさんは尾崎豊とか、私がまったく知らない曲を入れて、次々と歌い出した。私には歌ってとも言わずに、とにかく自分の熱唱を聞いてほしいみたいだった。歌わなくて良いならラッキーだと思いながら、知らない歌に合わせてタンバリンを叩いていた。

「僕が僕であるために勝ち続けなきゃならない、正しいものは何なのか、それがこの胸に解るまで」

と、おじさんが熱唱する歌詞が刺さった。私が私であるために、と心で唱えてみた。おじさんは気持ちよさそうに歌い上げると、私のすぐ横に身体を寄せて座った。

「なんでこんなことしてんの？」

答えずにいると、何かを察したみたいに、頷いた。

「親には頼れないんだ」

「……はい」

私が答えると、おじさんは、

「大丈夫。若いうちに苦労したぶん、大人になってから絶対良いことあるから。十代で全然苦労してないやつって、社会で通用しないんだよ。いっぱいいる、そういうやつって」

と私を励ましてくれるように言った。きっと若い頃に、苦労した人なんだろうと思った。いっぱい食べてよ、とメニューを渡される。カラフルなメニューを見ながら、こういう場合、何を頼んでいいのかを悩んでいると、

「プチとかしてないの？」

急にそう言われて、食べ物のメニューのことかと思って聞き返す。

「プチ？」

「三千円で五分のハグとか、五千円でキスとか。みんなやってるよ」

答えを待たずに、おじさんは表情を変えずにたたみかける。

「それに挨拶みたいなもんでしょ。外人なら」

確かに、挨拶でチークキスはする。でも、知らない人とそんなことをするのは嫌だった。でも、断ったら怒られるのだろうか。頭の中を言葉が巡っていく。おじさんは、焦《じ》れたように、嫌なら帰るよ、と言って急に荷物を手に持った。帰られたら困る。

「ハグなら……」

おじさんは、じゃあ五分ねと言って、スマホのタイマーまでセットする。スマホの画面を見えるようにテーブルに置くと、すぐに抱きついてくる。慌てて、お金、先にください、と言うと、腹立たしそうに千円札を三枚出した。

強い力で、上半身をきつく抱きしめられて、首に顔を埋められて、そこからおじさんの荒い吐息が聞こえてくる。五分がこんなに長いとは思わなかった。耐えろ、耐えろ。そう思うほどに、おじさんのむさぼるような息と力を感じる。私の身体をぜんぶ吸い取られてしまいそうで恐ろしかった。回された腕がきつくて、息が苦しくて、壊されそうだった。

私を守るためにぎゅっとしてくれたのは、お父さんだけだ。小さい頃、私が不安になるといつもそうしてくれた。覚えてる。それとは全然違う。お父さん、今、何を考えているの。

「ねえ、お金もっと払うから、良いでしょ」

おじさんが、少しずつ力を込めて倒れかかってくる。後ろに回した手が、背中から腰まで伸びてきた。

「一万、いや、二万。ね」

優しそうに笑ったおじさんの眼が、笑っていない。怖い、気持ち悪い。嫌だ。怖い。凄い力で、ソファに倒されそうになって、私は、おじさんの顔を思いっきり叩いて、引っ掻いた。それでも、大丈夫だよと押し倒そうとする。何も、大丈夫じゃない。大丈夫って、お父さんの口癖を言わないで。

「大丈夫だから」

本当に今、何も大丈夫じゃない。このままじゃ、私が私でなくなる。

私は、テーブルの下の脚を上げて、思いっきりおじさんのお腹に蹴りを入れた。がしゃん、と大きな音をたててテーブルの上のグラスとマイクと共に、おじさんが床に滑り落ちる。私は、その隙にお金を摑んで、逃げ出した。ドアに向かっていく私の背中に、おじさんが、捨て台詞みたいに叫んだ。

「クソ！　出てけ、日本から！」

私はとにかく無我夢中でドアを開け、廊下に走り出した。カラオケ店を出ると、池袋の繁華街は人だらけだった。これが、この街のいつもの様子なんだろう。こんなにいつも通りじゃない私にだって、誰も気付かない。私は、恐怖と怒りで、手も足も震えていた。おじさんの怒鳴り声がずっと耳の中にこだましている。抱きつかれた腕の強い力も残っている。消えてほしい。でも消えない。

それからどうやって家に帰ったかわからない。他に家に誰がいるかもわからない。気付けば自分の部屋でうずくまって、動くことができなくなっていた。立ち上がる力もない。

「出てけ」と言う声が、ずっと頭で鳴り続ける。

あんなことした自分が、本当に嫌で、情けなくて、消えてしまいたい。髪をほどく。生まれもった癖が波打っている。逃れたくても逃れようがない。何かしたくても何もできない。しょうがないんだ。どうしようもないんだ。

ピンポン、というチャイムのあとに、玄関のドアが開いた。ごめんください、と聞き覚えのある声が聞こえて、私はやっと立ち上がることができた。それは、私の、すごく大切な声だったから。

居心地悪そうに、もじもじしながら玄関に立っている聡太くんの姿は、幻みたいだった。私はただ声も出せず眺めていた。

彼に、さっきの出来事を知られたくない。私たちの間にある、恋愛なのか、友情なのか、その間の、清流のように澄んだ思いが、汚れてしまうから。でも、私はもう、前とは違って、心の芯にあった大切なものを失くしてしまった。聡太くんに会えて嬉しいけれど、こんな私を見られたくはなかった。

聡太くんは、玄関からも見える、散らかり放題の部屋や髪もメイクもぐちゃぐちゃな私を見て、何を言っていいのかわからなかったに違いない。言葉を探しているような間があった。間違ってる気もするけれど、でもやっぱりその言葉しか見つからなかったというように、聡太くんは言った。

「……元気？」

「……うん、そっちは？」

「……元気」

気まずそうな笑顔が辛かった。無理に、笑わないで。

「……あの、コンビニのこと、本当にごめん」

「……しょうがないよ」

それは今までで一番、心の底から出た「しょうがない」だった。これまでは、どこかに希望を持ってたんだ。でも今は何にもない。聡太くんが何かをぐっと飲み込んだのが、伝わってきた。しょうがなくなんかない。その言葉を、今の私には言えなかったんだ、きっと。聡太くんはがさごそと音を立てて、ズボンのポケットから封筒を取り出した。

「これ。ちょっとしかないんだけど。あ、母さんとか、伯父さんとかじゃなくて、俺から」

お金だった。それはきっと、聡太くんが、毎日コンビニで働いて、美大に行くために、自分の自由のために貯めていたお金。そんなの、もらえない。私は首を振った。

「……ありがとう。でも大丈夫だから」

「……本当に大丈夫なの？」

聡太くんが部屋の奥をちらりと見る。前にうちに来た時とは、もう、全然違ってしまっている。居間には布団が敷きっぱなしで、部屋中カップラーメンやペットボトルなどでゴミだらけだ。

それでも、かわいそうな人として扱われるのは嫌だった。聡太くんの中の私は、これまでと同じでいてほしい。だから、笑って言う。

「本当に大丈夫」

「……ごめん、こんなことしか思いつかなくて。馬鹿だよね」

バツが悪そうに俯く聡太くんに、そんなことない、と声にできなくて、首を横に振った。泣きたくないのに、涙が落ちてくる。

二人ともそのまま、どうしたらいいかわからずに立ち尽くしていた。

私たちは、あまりにも無力だけれど、それでも、会わなかった時間の間、聡太くんが、自分にできることを、一生懸命考えてくれていたことが痛いくらいわかる。

それだけで、私は立ち続けていられた。

突然、ドアが開いて、アーリンが帰ってきた。こんばんはーと、聡太くんに軽く会釈して上がり、居間に入るなり冷蔵庫を開けている。

「あれ、ロビンは？」

アーリンにそう言われ、はっとした。帰ってから、ずっとロビンを見ていない。

「アーリンが出かけた時、ロビンは家にいたの？」

「いや、昼くらいに公園に遊びに行ったけど……」

「もう九時だよ」

私たちは、家を飛び出した。聡太くんも一緒に探してくれることになった。

階下のコインランドリーへ洗濯に来ていた、ロナヒに会う。ロビンを見なかったかと聞いたけど、今日は見てないという。すぐクルド人たちにも連絡して、誰かの家にいないか聞いてくれることになった。でも、ロビンが一人でこんな遅くまで、ご飯も食べずに、遊びに行くはずがない。

周囲はすっかり暗くなっている。

いつもは賑やかな家の近くの公園にも、もう誰もいない。ロビンが気に入っている滑り台やジャングルジム、ブランコも探したけれど、姿はなかった。子どもたちが忘れていったおもちゃが転がっているだけだった。

いつも学校へ行く道を、名前を呼びながら辿《たど》りなおして探したけれど見つからない。

「ロビン！　ロビン」

と、三人の声だけが響く。

私のせいだ。私が、もっと早く気がつかなかったから。自分のことで頭がいっぱいで、ロビンのことを全然見ていなかった。そう言えば、最近ずっと元気がなかったように思う。

家から離れた、荒川の支流の、小さな川の河原を三人で手分けして探した。

以前、お父さんと三人で散歩に来たことがある。

街灯はなく、スマホの灯りだけが頼りだった。河原には雑草が生い茂っていて、足を取られる。

私だって怖いくらいだから、ロビンが今、こんなところに一人でいるとしたら、どれだけ心細い気持ちでいるだろう。

「お姉ちゃん!」

アーリンの声が上から降ってきた。聞こえた方に、夢中で走り出す。川にかかる小さな橋の上に、ロビンの手をひいたアーリンが立っていた。私は、駆け寄って、ロビンを抱きしめた。

「どこ行ってたの?」

私が聞くと、ロビンは、手に持った何かを差し出した。

「石、探してた」

小さな手に、黒くて平べったい丸い石やゴツゴツした岩みたいな小さな石などを握っている。前に、お父さんがくれた石を、ロビンはお守りみたいにずっと大事に持っていた。きっと、お父さんのために綺麗な石を集めようとしたのだと思った。

「……ばか」

「ばかっていうほうがばか」

とロビンは、いつもお父さんが言う言葉を返す。

「……そうだね」

ロビンはじっと石を見て言った。

「ねえ、なんでパパ、帰って来ないの？」

「……わかんないよ」

本当に、わからなかった。お父さんの、今考えていることも。あの、小学校に呼ばれた日の帰り道。どこにいても故郷は心の中にあるって、そう言っていたのを思い出す。自分にだけ居場所がないなんて、そんなこと、本心で言うわけないんだ。

おかげで、もう一回、お父さんを信じたいって思えた。

ロビンは服のポケットにいっぱい石を入れていた。頑張って、探して集めたんだ。

アーリンは黙って、ロビンと私のそばに寄って、手で背をさすってくれた。私は、自分が二人のことを守らなきゃいけないと思っていたけれど、私も、二人に守られている。そう感じた。

帰り道、聡太くんはロビンをおんぶして、一緒に家まで送ってくれた。四人で歩きながら、私は、さっき考えていたことをみんなに言ったんだ。

「明日、みんなでキャンプに行かない？　いつもお父さんと行く、秩父の川に」

ロビンが、絶対行く！　と急に元気になって、足をパタパタさせたから、聡太くんはやめてよーと痛がっていた。

「アーリンも行くでしょ？」

「えー、行ってあげてもいいけどお」

アーリンはいつもキャンプが嫌いだって言っていたけど、ロビンが、

「お姉ちゃん、本当は行きたいんでしょ？」

と聞いたら、

「バレた？」

とアーリンが肩をすくめたから、みんなで笑った。私たちの大きな笑い声が、静かな夜の住宅街に響き渡ったけど、止めようとは思わなかった。今日くらい、みんなで自由に笑ってもいいよ。

8

翌日は、朝早く起きて電車に乗って、毎年家族でキャンプに行く、荒川の上流の河原に向かった。

お菓子と飲み物を持って、電車のボックス席で食べた。私の横に座ったロビンはずっと外の景色を見ていた。いつもはお父さんが座る正面の席に、聡太くんが座っている。聡太くんと目が合うと、嬉しそうに笑ってくれて、私はなんだか、とても切ない気持ちになったんだ。

秩父の駅から四人で、歩いて川へ向かう。

今日、ここにみんなで来たのにはいくつか目的があった。まずは、ロビンに元気になってもらうため。お父さんがいなくなって、一番寂しいのはロビンだっただろう。秩父の河原には石がたくさんあるから、好きな石をいくらでも探せる。

もうひとつは、お父さんに会いに行く前に、お父さんの故郷に似ているという場所に行きたかったから。そうしたら、お父さんの気持ちが少しでもわかるようになるかもしれないと思って。いつも、この山に囲まれた河辺に来て、お父さんは故郷を思っていた。私には、わからない故郷を。

到着すると、ロビンはさっそく聡太くんの手を引いて、お気に入りの石を探し始めた。バケツを持ってきたから、たくさん持ち帰れるんだって張り切っている。

河原には澄んだ川の水が勢いよく流れ、ゴツゴツとした大きな岩場があって、黒や水色やオレンジの小さな石も一面にあって、河岸で風に揺れる緑の木々が、少し黄色く色づいている。すぐ近くに鉄道橋があり、そこを蒸気機関車が通る。

お父さんと来ていたときと同じ光景に、私はすごく安堵《あんど》していた。

アーリンが私に近づいてきた。

「来れてよかったね。私は、クルドとか行ったことないし、まじで全然どんなとこか知らないけどさ。ここは結構、好きなんだよね」

アーリンは、少し恥ずかしそうに言った。

「うん……私も好き」

「だよね。でも川口も好きだよ。お父さんが帰るとかまじでありえないし、私は日本に居たい」

私は黙って頷いた。

遠くからロビンと聡太くんの笑い声が聞こえてくる。二人で川に足を入れて、水を掛け合ってはしゃいでいる。

「ねえ、私がロビンといるから、二人で話して来なよ」

「……でも」

昨日の今日だから、ロビンから目を離すのは少し心配だった。でもアーリンは力強く言ってくれた。

「大丈夫、私を信じて。時間なくなるよ」

「……ありがとう」

アーリンが頼もしくて、ありがたかった。私には、聡太くんと話したいことがあったから。アーリンが、あっちの方が良い石あるよ、とか言って、ロビンを連れて行く。二人を見送りながら、聡太くんと、川を見渡せる場所を歩きながら話す。

「いつも、この辺でキャンプするの？」

聡太くんがあたりを見回しながら聞く。

「うん。釣りしたり、ケバブ焼いたり」

「めっちゃ楽しそうじゃん」

聡太くんは、お母さんと二人ではどこかに出かけることもない、と言った。

「ここ、なんか私の生まれたところに似てるらしい。でも、全然、覚えてないんだ」

聡太くんは、足元にあった石を拾って、少し考えてから言った。

「それはちょっと寂しいよね」

「……うん」

寂しい、その言葉が私の心にぴったりと来た。その時、私は、ずっと寂しかったんだ、と気がついた。

「俺はずっと赤羽だから。ずっと生まれた場所にいる」

私も、石を拾った。ゴツゴツしたその小さな石を見て、いつか学校の帰り道にお父さんが拾ってロビンに渡した石を思い出していた。どこにいても石は変わらないって、お父さんは言ってたけど、クルドの石がどんなだったかも私にはわからなかった。

「故郷って特別？」

「うーん。東京だし、ずっと同じ場所にいるから故郷って、あんまりわからない。赤羽は、地元って感じかな」

「地元……なんか、地元って言ったことないかも」

「サーリャの地元は川口でしょ？」

聡太くんは、当たり前のことみたいに言ってくれた。

「……うん。私の地元は川口。それだけは、はっきりしてるね」

十年以上暮らして来た場所が私の心に思い浮かんだ。川口に流れる荒川は、濁っているけれど、そのすぐそばで、私は心の陽だまりを見つけて来たんだ。

「たぶん、生まれた場所を離れて、後から懐かしく思い出した時に、初めて故郷になるんだよね。そういうの、俺はまだ、ないなあ」

聡太くんの言葉が、心にじんわりと広がる。みんな、そんなにはっきりとした故郷があるわけじゃないんだ。

クルドでも、川口でも、どちらかでも、両方でも、私がどこを自分の故郷だと思うかは、自分だけの感覚に素直でいれば良いのだと思えた。

私たちは川の近くの岩場に座った。いつもの河川敷で、そうしているように。

石だらけの河原で、私はひとつ、思い出した。

「小さい頃、トルコで、お父さんが、誕生日に石をくれたことがある。村で一番綺麗な石だって」

「面白いね、お父さん」

聡太くんが笑って言う。

「……そうかな。ほんと、何考えてるのかわからない」

「俺も。母さんが何考えてんのか、全然わかんない」

「……お母さん、聡太くんの幸せが一番って、言ってたよ……」

私は、のりこさんと二人で料理を作ったときに、愛おしそうにそう言った、優しい顔を思い出していた。

「それなのにサーリャのバイトを辞めさせるなんておかしいよ」

聡太くんは、そう言って唇を噛んだ。

「うまくいかないね」

すべての愛が、自分の思う通りに相手に届くわけではない。

「そうだね。うまくいかない」

私は、自分とお父さんの関係を思い浮かべながら、そう答えた。

私たちは少しの間、そのままでいた。ずっとこのままで居られればいいのに、と私は思う。

聡太くんは立ち上がると、足元の石を拾って、川に投げて水切りを始めた。水面をちゃちゃちゃちゃ、と軽やかに跳ねていく石を見て、おー新記録だ、と喜ぶ。

私も投げてみるけれど、ぜんぜんうまくいかず、ぼちゃんと沈んで、下手くそ！と笑われてしまう。

私は、すごく、聡太くんが好きだと思った。これがみんながいう恋とか愛とか、そういうものなのかはわからない。でも人として、この人が大好きだ。

初めて、クルド人であることを話して、そのまま、受け入れてもらえた。自分が知らないことを知ろうとしてくれた。

遠くから列車の音がガタンゴトンと近づいて来て、私はその音に、背中を押される。聡太くんと向き合うと、その頬に、自分の頬を、右、左の順でくっつける。

さようならの、チークキスをした。

ここに来た最後の目的は、今日で、聡太くんと会うのをやめることだった。息子を思うお母さんの思いを、聡太くんには裏切ってほしくない。それに、埼玉から出られない私にとらわれずに、聡太くんには広い世界に、歩み出して行ってほしい。

別れを言葉にはできなかった。それでも、私の気持ちは伝わった。

聡太くんは、私の両手を摑んだ。離れたくない。その手の力強さから、聡太くんの思いがよくわかった。強く摑みすぎたと思ったのか、すぐに手の力は優しくなった。でも手を放さなかったし、私も、放したくはなかった。時間が止まったみたいに、私たちは手を繫いだまま固まっていた。急に風が吹いて、水の音が高く響いてきた。

私たちの隣で、川は激しい流れを止めず、強い風が木々を揺らす。それでも、二人とも微動だにしなかった。繫がった手の温もりはどんどん増していく。真っ直ぐに私を見る聡太くんから、思わず目をそらしてしまったけれど、それでも聡太くんは真っ直ぐに見つめ続けた。

私も真っ直ぐに見ると、聡太くんの瞳の中にいる自分と目が合った気がした。その瞬間、揺れ動いていたはずの心が、急にぴたりと固まった。

私は、自分の大切な人、大切な場所、大切なものを、自ら手放すことはしない。聡太くんも、ロビンも、アーリンも、お父さんも、暮らす場所も全部、守りたい。

たとえそれが他の誰かに許されなくても。

家に帰ってから、ぐちゃぐちゃになっていた部屋を、アーリンとロビンと三人で綺麗に掃除した。ゴミは私とロビンで片付け、洗濯物はアーリンがやった。足の踏み場もなかったのに、三人で協力し合えば、あっという間に普通に暮らせる空間になった。

三人で、いつもお父さんが作ってくれていたクルドの料理を作ってみたけど、教わった通りに作ったのに、やっぱり少し違う味がした。

＊

それからの一週間で、気温が一気に下がった。もう薄手のコートでは寒いくらいになった。お父さんは、変わらず入管施設に収容されている。夏から初冬へと季節が変わる間、何も変わらず、何もできず、あの場所で過ごしていることを思い知る。山中先生が、お父さんに冬物の差し入れをしようと、家まで手伝いに来てくれた。

冬物のお父さんの作業ズボンのポケットから、初めて見る手帳のようなものを山中先生が見つける。

「これ、見て」

その手帳を、山中先生は私に渡した。小さな古いノートだ。毎日解体の現場に持っていっていたのか、ずいぶん長く使っていたのか、表紙がすっかり黒ずんでいる。中を開くと、日に焼けたページには、日本語で、私たち家族の名前がぎっしりと書いてあった。

サーリヤ、アーリン、ロビン、マズルム、ファトマ。日本語を覚えるため、何度も練習したのか、最初は変な形だったけど、だんだんときちんとした文字になっている。鉛筆で書いた字を手で擦ったのだろうか、綺麗とは言えないけれど、何度も書かれた文字に、お父さんの強い意志を感じた。

お父さんは、ここで、生きようとしていたんじゃないのか。私は、山中先生に、心からの願いを伝えた。

「お父さん、帰らせないようにできませんか？」

鞄《かばん》にセーターを詰めていた山中先生は困ったように眉毛を下げた。

「もちろん、僕だってそうさせたい。でも、意志が固いんだ……」

「どうしてですか？　帰ったら捕まる危険があるのに。おかしいじゃないですか。止めてください。先生、お願いです」

山中先生は、しばらく考え込んでいた。私は、もう引かないつもりだった。真っ直ぐに山中先生を見つめ続けた。

山中先生はふーっと息を吐くと、腹を決めたように話し始めた。

「言わないでと頼まれていたんだけど……。在留資格を失ってしまった外国人でも、日本で育った子どもにだけビザが出たケースがあるんだよ。その家族の場合はね、親のビザを諦めた代わりに、子どもにビザが出たんだ。お父さんは入管の中でそのことを知って……自分だけ帰ると言い出したんだ」

「……………」

私は言葉を失った。

山中先生の話では、そもそも日本は血統主義だから、日本で生まれても、日本人の血が流れていないと国籍が取れない。でも、あるタイ人の親子は、在留資格を失ってしまった親が帰国することで、日本で生まれ育った子どもにのみビザが出たらしい。クルド人でも、日本の大学や専門学校に進むことができた人にだけ、留学ビザとして滞在許可が出て、そこから就職にも繋げることができた例があるのだと。

そういう例があることに希望をかけて、お父さんは自分一人で帰ることを望んでいるのか。私の頭は真っ白になった。

私たちのために、わずかな可能性に賭けて、自分の命を危険にさらしてまで帰国を決めるなんて……。そんなこと、私にはとても受け入れることはできない。

「君たちのことは、ロナヒさんとメメットさんに任せるとお父さんは言っている。これまで助けてくれたお返しをしたいと言ってくれているそうだ……」

その優しさは、身勝手だ、と怒りさえ湧く。

「お父さんは……勝手すぎます」

「確かに、そうとも言える。でもね、今の日本がお父さんにそうさせることを、僕たちは理解しなくちゃいけないんだ。家族を別々にすることで、一方を居させるなんて、あってはならない。なんて残酷なんだと僕は思うよ。子どもが安全に家族と暮らす権利は、世界中の誰にでも認められているんだ」

山中先生の言葉が、私の胸を突いた。お父さんの決断も、それを強いる社会も、どちらも、私には納得ができない。

誰が、なんのためにそんなことを強いるのだろうか？

ふと気づいて、お父さんのノートを反対から開いた。

横書きでびっしりと、長い文章が書いてある。それは、小さく、細かな文字で、二十ページ以上続いていた。ページによって、インクの色が違うから、長い期間、たぶん何年にもわたって、少しずつ書き継がれたようだ。これは、クルド語だ。

私は、そこにはきっとお父さんの本当の気持ちが書かれていると感じた。

山中先生は、それをしばらく見て言った。

「きっとお父さんは、忘れないために書いたんだ。クルドのことを。自分が誰であるか。遠くの土地にいても、自分であり続けるために」

私もアーリンも聞こうとしないから、お父さんはクルドのことを話さなかった。お父さんは長い間、一人でどんなことを、どんな思いで書き続けていたのだろう。

クルド語だということだけはわかっていても、そこに、何が書いてあるのか、私には読むことができない。誰かに聞けば、内容はわかるだろう。でもその時、私は、それを自分の力で読みたい、と思った。お父さんを、自分の力で知りたい。

クルド語を覚えたいと思ったのは、生まれて初めてだった。

お父さんと向き合っていなかったこと、お父さんの思いを知ろうとしなかったことを後悔したのも、これが初めてだった。これまでずっと、あんなにそばに居たのに。いつでも話せたはずだったのに。

*

入管の周囲の風景は季節がめぐっても、ほとんど変わらない。アスファルトの道路と倉庫街にはトラックだけが行き交い、生きている自然や、そこで生活をしている人が、ほとんど存在しないからだ。相変わらずの無機質な入管の建物の中に、お父さんはもう四ヵ月もいる。もっともっと長く、何年も収容されている人もたくさんいる。その中で、病気になったり、将来に絶望して自ら命を絶つ人もいるらしい。夏だってエアコンが効いてなかったのだから、冬の寒さはさらに厳しくなるだろう。

そのことを改めて感じながら、面会の受付を終えた。

今日は、お父さんの冬服を差し入れた。山中先生にお願いして、私一人で来させてもらった。二人だけで、話がしたかったから。

お父さんと二人だけで話すのは、すごく久しぶりだった。

面会室に入ってきたお父さんは、前回会ったときより、さらに痩せてしまっていた。髪も髭も、白髪が増えて、ボサボサのまま広がっている。この面会室からは見えないけれど、お父さんのこの姿を見ただけで、入管施設の環境の辛さがよくわかる。

こんなところから、早く出してあげたい。でも、お父さんだけトルコに帰るのは、嫌だ。今日はそれを、伝えるつもりで来た。私はノートを取り出して見せた。

「これ……お父さんのノート、見たよ。日本語、練習してたんだね。日本で生きていこうって思って、練習したんでしょ？」

お父さんは、ノートを見て、驚いたように目を大きく開けた後に、ふっと息を吐いた。

「それを書いたときは、まだ、難民申請もだめになってなかったからね」

ノートの最後に書かれたクルド語の文章をお父さんに見せる。

「これは？　何が書いてあるの」

「それは……俺が、クルドに居たときにあったこと。子どものころにあったこととか……家族がされたこと……」

そう言うと、お父さんは言葉を詰まらせた。ずっと奥のほうに仕舞っていた記憶の扉を開けることが、苦しいのかもしれない。

「私、自分の力で読む。クルド語、勉強するから。教えてよ」

お父さんは、優しく微笑んでから言った。

「もうすぐ、国に帰ることになる。俺が帰っても大丈夫なように、いろいろ準備してる。ロナヒに頼んであるから、しばらく一緒に暮らしなさい」

「お父さん、帰らないで。ここに居て」

私は、真っ直ぐにお父さんの目を見て、はっきりと伝えた。お父さんの瞳の奥が揺れたのを感じた。固い決意だって、私ならば崩せるかもしれない。そのとき、そう思った。

「裁判しよう。一緒にいられるように。きっと、いつか大丈夫になるから」

続けて私がそう言うと、しばらく間があった。お父さんは、私の言葉を飲み込んで、それにどう応えるか、ゆっくりと考えているようだった。数分後、口を開くと、

「……クルドの家のそばに、オリーブの樹があったの、覚えてる？」

と言った。思いがけない話題で、会話の流れを変えられてしまった。

私は、今暮らしているアパートのベランダにあるオリーブの樹しか知らない。お父さんが言った、クルドのオリーブの樹を思い出すことができずに、ただ無言でお父さんを見つめた。

「サーリャが生まれた時、ファトマと二人で植えた。毎年一本ずつ植えて、いつか林にしようって。でも、五本しか植えられなかった。それ以上、居られなくなったから」

お父さんは、少し俯いて目を閉じて、何かを思い浮かべていた。それから目を開けて言った。

「お前のお母さんは、オリーブの樹のすぐ近くで眠ってる。一人きりで。だから、そばに行くんだ。今の季節なら実がついてるかもしれない。覚えてる？　ここに来る前、一本、一緒に植えたの？」

お父さんにとって、それが大切な記憶であることが伝わってくる。オリーブの苗を植える、お父さんとお母さんと、小さい私。でも、私には、どうしても、そのことが思い出せない。

「目を閉じて」

急に言われて、戸惑っていると、早くつぶって、と促される。

「今、何が思い浮かぶ？」

目をつぶって、私は素直に、一番初めに思い浮かんだ光景を口にした。

「……なんでだろ……ラーメン……みんなで行ったとこ」

仮放免になって、もう希望がなくなったと思った時に、家族でラーメンを食べた。あのひとときの幸福が、私が今、一番欲しいものだ。お父さんは私の答えを聞いて微笑んだ。

「お腹空いたの？」

「ううん」

お父さんが、人差し指と中指をお箸みたいにして、ずずーっと音を立てて、ラーメンを食べるふりをした。

私も、おんなじようにする。指の箸を上下させて、ずずっとラーメンを食べる。アクリル板を挟んで、お互いにその動作を繰り返した。笑いながら、目から涙がこぼれ落ちた。

子どもの頃に戻ったみたいだった。私も、お父さんも。お父さんを心から信じて、大好きでたまらなかったあの頃。いや、今だって、本当はそうなんだ。

でも、親子であっても、私とお父さんが一番に心に思い浮かべる風景は違う。私にとっての故郷は、クルドではなくて、ここでしかないことが、お父さんにも、伝わっている。お父さんは笑って言った。

「これからは好きなように食べて」

「……うん」

私は、確信を持って答えた。お父さんは、自分を犠牲にしてでも、私たちにとっての故郷を守りたいと思ってくれた。故郷は、お父さんにとって、すごく大事なものだからこそ、そう思ってくれたんだ。

こんなことを強いる社会は間違ってる。お父さんを犠牲にしてしまうなんておかしい。いろんな思考が頭を駆け巡る。でも、何より強かったのは、お父さんの、私の故郷を尊重してくれようとする思いを、しっかりと受け取らなければいけないという気持ちだった。それは、お父さんにとってのクルドを大切にすることにも繋がる気がした。

面会の終了時間です、と職員が部屋の外から声をかけた。

「まだ……」

もう少し、話していたかった。今なら、やっと、お互いの思いを包み隠さずに話すことができるんじゃないかと思う。でも、お父さんは、これ以上面会室に居られなかった。

「自転車、解体の資材置場の倉庫にある」

お父さんの両手のひらが、目の前に現れる。お父さんは、目をつぶり、ふーっと息を吐き出す。その姿は蛍光灯の光に照らされて、神々しい。

「Insallah《インシャーラー》 em《エム》 ê rojên《エイロジエン》 ronahî《ロナヒ》 bibînin《ベイビーヌン》」

いつものクルド語のお祈りの言葉だ。お父さんは、顔を洗い流す、いつものお祈りの動作をすると、優しく微笑んだ。

毎日唱えた言葉の意味さえ、私は知らない。でも今、なんとなくだけれど、私は、それがどんな意味だったのか、わかった。私は、壊れた水道みたいに涙と鼻水が流れ出すのを止められなかった。

お父さんは立ち上がり、部屋を出ていく。その大きな背中が小さくなり、足音が遠くなっていく。

私はしばらく立ち上がることができず、電池切れしたみたいに座ってた。涙と鼻水と一緒に身体の力が流れ出してしまったみたいで、入管の職員が、退出してくださいと呼びにくるまで、そのままそこに座ってた。

でも、私はきっちりと意志を持って立ち上がった。それからは、涙は出なかった。

帰り道も、はっきりと覚えている。どうしてか、いつもよりもむしろ、物事がクリアに見えている。街の看板や道路の脇に咲く雑草、当たり前にそこにある存在に目がいく。今だからこそ、見たい景色があった。

そのために、私はまず、大事な相棒を取り戻しに行った。お父さんの働いていた、解体の資材置場。その片隅にある倉庫に自転車は隠されていた。埃がついたサドルとハンドルを手で払い、私は、自転車にまたがって、ペダルを漕ぎ始めた。

あの、荒川にかかる大きな橋を渡る。

埼玉から、東京に渡った。誰がここに、国境を引けるんだ。私には、それを越える力がある。私が、自分の進む道のハンドルを握ってる。自動車にも、大きなトラックにも負けない。流れには、流されない。

立ち漕ぎをして、思いっきりスピードを出して力強くペダルを踏み続ける。踏めば踏むだけ、前に進む。

東京側の河川敷に着くと、自転車を降りた。聡太くんと、二人で来た場所だ。川の反対側に、私たちが暮らしてきた街がよく見える。小学校があって、高層マンションがあって、住宅街があり、工場もある。川口の街。

お父さんとお母さんと一緒にここへやってきて、ここでアーリンとロビンが生まれた。いじめられたこともあったけど、友達もたくさんできた。いっぱい勉強もして、いろんな人に会った。秘密のバイトをして、初めて好きな子ができた。

私は、自分の足で、大地を踏んでいる。息を吸って、吐く。

私を見ている人は、今、誰もいない。

それでも、今、ここで、たしかに生きている。

Insallah《インシャーラー》 em《エム》 ê rojên《エイロジエン》 ronahî《ロナヒ》 bîbînin《ベイビーヌン》
あなたと私たちの未来に、光がありますように。

文庫あとがき

今回の小説執筆のため映画に引き続き意見を聞かせてくださったクルド人のワッカス・チョーラクさん、大橋毅弁護士に深く感謝します。

また、初めての執筆を粘り強く支えてくださった編集担当の見田葉子さん、バンダイナムコアーツの森重宏美さん、境真希さん、本当にありがとうございました。

そして、ここに名前をあげることは控えますが、苦しい状況に置かれながらも話を聞かせてくださった在日クルド人の皆さんに心から感謝申し上げます。


映画は二〇二二年五月に公開され、現在（二〇二四年三月）も各地で上映会を続けていただいており、このノベライズ小説も複数の小中学校の試験問題として使用していただくなど、当初は想像をしていなかったような広がりを経験しています。

この映画の公開と執筆の後、入管難民法に関して大きな動きがありました。二〇二三年六月に改正入管難民法が成立し、二〇二四年六月から施行されます。三回目以降の難民認定申請者の強制送還が可能になるなど、保護が必要な人を危険に晒《さら》す可能性を含んでいます。

政府の方針により〈日本で生まれ育った在留資格のない十八歳未満の子どもたち〉には在留特別許可が下りるケースが出始めていると言いますが、日本生まれではない人や十八歳以上の人は含まれるのかどうかなど、まだ不明なことも多いです。この小説、映画で描いたサーリャのような子どもたち、またその親たちが取りこぼされることがないことを心から願い、今後も伝えていきたいです。

共に生きる未来へ向けて、この改定が実際どのように施行されていくのか、注視していただきたいです。この本を手に取り、関心を持ってくださること自体が希望であり、未来を変えていく第一歩になると信じております。

川和田恵真

◉主な参考文献

『トルコのもう一つの顔』小島剛一著、中公新書（一九九一年）
『その虐殺は皆で見なかったことにした――トルコ南東部ジズレ地下、黙認された惨劇』舟越美夏著、河出書房新社（二〇二〇年）
『クルドの夢　ペルーの家――日本に暮らす難民・移民と入管制度』乾英理子著、論創社（二〇二一年）
『日本で生きるクルド人』鴇沢哲雄著、ぶなのもり（二〇一九年）
『ルポ　入管――絶望の外国人収容施設』平野雄吾著、ちくま新書（二〇二〇年）
『クルド人を知るための55章』山口昭彦編著、明石書店（二〇一九年）
『クルディスタンを訪ねて――トルコに暮らす国なき民』松浦範子著、新泉社（二〇〇三年）
『あるデルスィムの物語――クルド文学短編集』ムラトハン・ムンガン編、磯部加代子訳、さわらび舎（二〇一七年）
『セヘルが見なかった夜明け』セラハッティン・デミルタシュ著、鈴木麻矢訳、早川書房（二〇二〇年）
『ふるさとって呼んでもいいですか――6歳で「移民」になった私の物語』ナディ著、山口元一解説、大月書店（二〇一九年）

『やさしい猫』中島京子著、中央公論新社（二〇二一年）
『日本のイスラーム——歴史・宗教・文化を読み解く』小村明子著、朝日新聞出版（二〇一九年）
『お隣りのイスラーム——日本に暮らすムスリムに会いにいく』森まゆみ著、紀伊國屋書店（二〇一八年）
『となりのイスラム——世界の3人に1人がイスラム教徒になる時代』内藤正典著、ミシマ社（二〇一六年）
『にほんでいきる——外国からきた子どもたち』毎日新聞取材班編、明石書店（二〇二〇年）
『日本における難民訴訟の発展と現在——伊藤和夫弁護士在職50周年祝賀論文集』渡邉彰悟・大橋毅・関聡介・児玉晃一編、現代人文社（二〇一〇年）
『となりの難民——日本が認めない99％の人たちのSOS』織田朝日著、旬報社（二〇一九年）
『ある日の入管〜外国人収容施設は〝生き地獄〟〜』織田朝日著、扶桑社（二〇二一年）
『移民政策とは何か——日本の現実から考える』髙谷幸編著、樋口直人・稲葉奈々子・奥貫妃文・榎井縁・五十嵐彰・永吉希久子・森千香子・佐藤成基・小井土彰宏著、人文書院（二〇一九年）
『外国人労働者・移民・難民ってだれのこと？』内藤正典著、集英社（二〇一九年）

『ふたつの日本 「移民国家」の建前と現実』望月優大著、講談社現代新書（二〇一九年）

◉冊子

『在日クルド人の1990－2021』在日クルド人の現在2021実行委員会

◉ドキュメンタリー

『東京クルド』日向史有監督、ドキュメンタリージャパン（二〇二一年）
『バックドロップ・クルディスタン』野本大監督、バックドロップフィルム（二〇〇七年）
『異国に生きる――日本の中のビルマ人』土井敏邦監督、浦安ドキュメンタリーオフィス（二〇一二年）
『ETV特集「ラーマのつぶやき～この社会の片隅で～」』NHK（二〇一八年）
『ETV特集「バリバイ一家の願い～〝クルド難民〟家族の12年～」』NHK（二〇一九年）
『クローズアップ現代＋「日本で暮らし続けたい～ルポ〝在留資格〟のない子どもたち～」』NHK（二〇二〇年）
『メ～テレドキュメント「面会報告～入管と人権～」』名古屋テレビ（二〇二〇年）

解説　サーリャがたどり着いた場所

川和田恵真さんと初めて会ったのは、東京地方裁判所の傍聴席だった。

２０１９年のことだ。わたしは当時、『やさしい猫』という、在留資格を持たない外国人を題材にした新聞連載小説を準備中で、川和田さんは映画『マイスモールランド』のための取材をしていた。その裁判では、保育士資格や看護師資格を取るための進学を目指している、在留資格のない若い女性たちが、訴えを起こしていた。まさに、本書の、そして映画の主人公である、サーリャと同じような状況にある女性たちだった。

あのあとコロナ禍が世の中を覆いつくしてしまったから、撮影はたいへんだったのではないかと思う。２年後の秋、ちょうど新聞連載執筆中に川和田さんの商業長編映画デビュー作が完成間近、という報せを聞いたときは、嬉しさがふつふつとおなかの底から湧き上がってきた。わー、川和田さん、やったね！　という気持ち。

２０２２年に公開された映画『マイスモールランド』は、在日クルド人を真正面から描いたそのテーマ性だけではなく、瑞々しい高校生の青春映画としても好評を博し、いくつもの映画賞を受賞した。

本書は、脚本も手掛けた川和田さん自らによるノベライズだ。

この小説も、すぐに読み、映画ではその映像表現を損なわないように周到に省かれた説明や主人公の内面が、一人称の語りで丹念に描かれていることに感銘を受けた。映画のノベライズというものが、いつも必ず成功するわけではないような気がするのだが、『マイスモールランド』に関しては、それぞれに魅力を持ち、お互いを上手に引き立て合っていると思う。小説を読んでいると、映画ではわからなかった背景に納得させられるとともに、たとえば家族でラーメンを食べるシーンや、河原で絵を描くシーンなど、印象的な場面が脳裏に鮮やかによみがえってきて楽しい。

映画は、高校生のサーリャが在日クルド人の結婚パーティーに参加する場面から始まる。これは、小説でいうと36ページあたり。そこに至る35ページまでの間に、サーリャが日本にやってきた経緯や、どんな幼少期を過ごしたのか、お母さんが亡くなった事情などが明かされる。

じつは最近（こちら、文庫版の解説を書いている2024年早春の時点で、ということになる）『山よりほかに友はなし』（明石書店）という、クルド人作家ベフルーズ・ブチャーニーによるマヌス監獄（パプアニューギニアにある、オーストラリアの難民収容所）収容体験記を手にしたのだが、タイトルに既視感があって、『マイスモールランド』を読み返すと、「クルド人の友は山だけ。お父さんはよくそう言った。クルド人の間で言い伝えられている言葉だという」と、あった。山と川がある秩父の風景が故郷クルドに似ていると言う、お父さんの山への特別な思いが語られるのだが、クルドを象徴的に語る言葉をさりげなく小説に入れ込んでいるあたりにも、川和田さんが丁寧に取材を重ねて作品を作ったことがうかがえる。

サーリャは5歳のときに、両親に手を引かれて日本に来た。川口のクルドコミュニティに身を寄せ、日本の教育を受けて言葉を身につけ、大学進学を目指す高校生だ。国を持たない最大の民族と言われる「クルド」を理解しない日本社会にあって、友だちには「ドイツから来た」ということにしている。お父さんの胸にはクルド人であることの誇りが強くあるけれども、日本育ちのサーリャには、そこまでの思い入れがわからない。話すことができるのはトルコ語で、クルド語はわからない。日本生まれ日本育ちの妹アーリンと弟ロビンに至っては、日本語以外使うことができない。

映画でも小説でも、このサーリャの、日本とクルドの狭間にいるような居心地の悪さが繊細に描かれる。ふわふわしたウェーブのある髪をアイロンでのばすサーリャ、日本語を話せない同胞たちのために無償で通訳や翻訳を引き受けさせられるサーリャ、部活をこっそりやめてコンビニでアルバイトを始め、大学進学費用を貯めようとするサーリャ。小説の前半では、サーリャのこんなけなげな声を聞くことになる。「私が志望する大学に進学できたら、アーリンもロビンも、クルドのみんなも、頑張れば摑み取れる未来があるって信じられるはずだ。／その、希望を私が示すんだ。／しょうがなくなんかない、って」。

貧しさや、日本社会の無理解や、狭間に生きることのよるべなさを、サーリャは自分の努力で撥《は》ね返そうとする。

そもそも、どうしてサーリャの一家は日本にやってきたのか。「クルドの自由のために声をあげた」ために憲兵に捕まり、拷問を受けたお父さんは、新天地を求めて家族とともに来日した。すぐに難民申請をしたものの、ずっと認定が得られずにいる。サーリャたちの日々が暗転するのは、難民申請が「不認定」になるときだ。いつものようにビザの更新のために品川の入管を訪れた一家は、「本日からこのカードは無効になります」と無慈悲《むじひ》に宣言されて、在留資格を示すカードに穴を開けられてしまう。これが、「しょうがなくなんかない、って」「希望」を示そうとした直後に起こるのが、つらい。

日本の難民認定率は先進諸外国に比べて著しく低い。改善されたように言われて、ようやく2％かそこら。つまり、100人申請して98人は不認定になる。しかも、トルコ国籍のクルド人が難民認定されたケースは、2022年5月の、映画公開時点ではゼロだった(同年8月に、札幌高裁での裁判結果を受け、札幌出入国在留管理局が初めてトルコ国籍のクルド人男性を認定した)。クルド人の日本への移住は1990年代に始まると言われているから、約30年の歴史でたったひとり。

在留資格を奪われてしまうと、就労は禁止、健康保険や生活保護などへのアクセスも不可、しかも居住する都道府県から外に出るときには入管の許可を得なければならないという、不自由極まりない生活を強いられる。不自由というより、生きるな、というに等しい。「仮放免」(入管施設に収容する代わりに、様々な条件つきで施設外の生活を許される制度)はその意味で「檻のない監獄」と呼ばれることもある。サーリャの一家にその後どんなことが起こるのかは、読んでいてほんとうに胸抉《えぐ》られる思いがする。

前述した「その、希望を私が示すんだ」の意思表示から一転、在留資格を奪われたサーリャの脳裏に、日本に来てからのあらゆる思い出が駆け抜けていき、そして彼女は思う。「これって、これまでの私が死ぬってことだ」と。

サーリャはずっと闘っている。

弟のロビンが学校で友だちに自分を「宇宙人」と言ったように、そして自分は「ドイツ人」と偽っているように、日本で育っても、「日本人」としては扱われないし、そう名乗るのは躊躇《ちゅうちょ》してしまう。お父さんはいつでも胸を張って「クルド人」と言え、というけれど、クルドの地は遠く、時に祈りや儀式やしきたりが疎《うと》ましくさえ感じられる。自分の居場所はここにしかないはずなのに。あきらかに、移民第一世代とは違うアイデンティティのジレンマに、サーリャは最初からたったひとりで闘ってい る。聡太《そうた》との出会いが彼女を無防備にしたのは、ひとり胸に抱えていたその闘いを、否定せず、何か別のものと誤解したりせず、サーリャの声を聴いて、それがそこにあるものとして、受け止めてくれたからだろう。

サーリャの物語は、この苛酷すぎる現実の中でも、ひとりの女の子が成長する物語だ。ほんとになんということだろう。人は、どんなに酷い状況でも成長する。コンクリートの割れ目からでも木が伸び、花を咲かせるみたいに。映画にはなく、小説でだけ言及されるシーンだが、サーリャがお父さんの書いたクルド語の手帳を見つけて、クルド語を学ぼうと思い立つ場面で涙が止まらなくなった。お父さんも、サーリャとは異なる彼自身のアイデンティティのために、たったひとりで闘い続けていたことに娘が気づく場面で。

ところで、サーリャたちのお父さんは、ほんとうにトルコに帰ってしまうんだろうか。

2023年8月、日本で生まれ育った在留資格のない外国人の子どもとその親などに「在留特別許可」を付与すると法務大臣が発表した。「日本生まれ日本育ちで、就学年齢にある子ども」とか「親に重大な犯罪歴がないこと」などの条件が付くが、対象となる子どもたちは200人ほどいると言われていて、その家族も含めてと考えると数百人が対象になり得る。サーリヤ自身は日本生まれではないけれども、アーリンとロビンは条件に当てはまる。家族も含めての措置ということなら、家族四人に「在留特別許可」が出る可能性はある。親の前科で将来が閉ざされる子どもがいるというのも公平ではないし、改善すべき点の多い措置ではあるが、「お父さん、帰らないで。もうちょっと待ってて」と言いたくなった。そして、この入管史上最大規模のアムネスティ（非正規滞在者に滞在許可を与えて合法的存在にすること）を、『マイスモールランド』が後押ししたと言ったら、言いすぎだろうか。少なくとも、『マイスモールランド』によって初めて在日クルド人の状況を知り、この家族は救われるべきだと思った人は多くいたはずだ。

ただ、一方で、同年6月の国会で改定入管法というものが成立してしまった。こちらは、「難民認定申請が3回目以降の場合、申請中でも強制送還することが可能」という条項が含まれるもので、「難民申請者を母国に送還してはならない」という国際規定（ノン・ルフールマン原則）を無視するものだと批判を浴びている。この改定入管法を杓子定規に当てはめたら、日本のクルドコミュニティは崩壊するとも言われている。日本の移民・難民を取り巻く状況は、いまもとても不安定だ。

けれど、『マイスモールランド』を読んだいま、わたしたちは、心の中にサーリャとその家族を思い浮かべずにはいられない。

サーリャがたどりついた場所。「誰がここに、国境を引けるんだ。／自動車にも、大きなトラックにも負けない」という強い意志。

この彼女の未来に、光がないなんてことにしてはならない、と思う。

中島京子（小説家）

本書は二〇二二年四月に、小社より刊行されました。

JASRAC 出 2402456-401

|著者|川和田恵真　1991年生まれ。2014年に「分福」に所属し、是枝裕和監督の作品等で監督助手を務める。2018年の第23回釜山国際映画祭「ASIAN PROJECT MARKET（APM）」でアルテ国際賞（ARTE International Prize）を受賞。2022年、劇場長編映画デビュー作『マイスモールランド』が世界三大映画祭のひとつである第72回ベルリン国際映画祭のジェネレーション部門に正式招待され、アムネスティ国際映画賞特別表彰を授与される。同作品を原案として、小説『マイスモールランド』（本書）を執筆。

マイスモールランド

川和田恵真《かわわだえま》

2024年5月15日第1刷発行

発行者――森田浩章
発行所――株式会社　講談社
東京都文京区音羽2-12-21　〒112-8001
電話　出版（03）5395-3510
　　　販売（03）5395-5817
　　　業務（03）5395-3615
Printed in Japan

講談社文庫
定価はカバーに
表示してあります

KODANSHA

デザイン―菊地信義
本文データ制作―講談社デジタル製作
印刷―――株式会社KPSプロダクツ
製本―――株式会社国宝社

ISBN978-4-06-535691-3

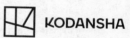

講談社文庫刊行の辞

二十一世紀の到来を目睫に望みながら、われわれはいま、人類史上かつて例を見ない巨大な転換期をむかえようとしている。

世界も、日本も、激動の予兆に対する期待とおののきを内に蔵して、未知の時代に歩み入ろうとしている。このときにあたり、創業の人野間清治の「ナショナル・エデュケイター」への志を現代に甦らせようと意図して、われわれはここに古今の文芸作品はいうまでもなく、ひろく人文・社会・自然の諸科学から東西の名著を網羅する、新しい綜合文庫の発刊を決意した。

激動の転換期はまた断絶の時代である。われわれは戦後二十五年間の出版文化のありかたへの深い反省をこめて、この断絶の時代にあえて人間的な持続を求めようとする。いたずらに浮薄な商業主義のあだ花を追い求めることなく、長期にわたって良書に生命をあたえようとつとめるところにしか、今後の出版文化の真の繁栄はあり得ないと信じるからである。

同時にわれわれはこの綜合文庫の刊行を通じて、人文・社会・自然の諸科学が、結局人間の学にほかならないことを立証しようと願っている。かつて知識とは、「汝自身を知る」ことにつきていた。現代社会の瑣末な情報の氾濫のなかから、力強い知識の源泉を掘り起し、技術文明のただなかに、生きた人間の姿を復活させること。それこそわれわれの切なる希求である。

われわれは権威に盲従せず、俗流に媚びることなく、渾然一体となって日本の「草の根」をかたちづくる若く新しい世代の人々に、心をこめてこの新しい綜合文庫をおくり届けたい。それは知識の泉であるとともに感受性のふるさとであり、もっとも有機的に組織され、社会に開かれた万人のための大学をめざしている。大方の支援と協力を衷心より切望してやまない。

一九七一年七月

野間省一

講談社文芸文庫

石川桂郎
妻の温泉
石田波郷門下の俳人にして、小説の師は横光利一。元理髪師でもある謎多き作家が、「巧みな嘘」を操り読者を翻弄する。直木賞候補にもなった知られざる傑作短篇集。
解説=富岡幸一郎
いAC1
978-4-06-535531-2

大澤真幸
〈世界史〉の哲学 4 イスラーム篇
西洋社会と同様一神教の、かつ科学も文化も先進的だったイスラーム社会において、資本主義がなぜ発達しなかったのか? 知られざるイスラーム社会の本質に迫る。
解説=吉川浩満
おZ5
978-4-06-535067-6

講談社文庫　目録

芥川龍之介　藪の中
有吉佐和子　新装版 和宮様御留
阿刀田　高　ナポレオン狂
阿刀田　高　新装版 ブラック・ジョーク大全
安房直子　春の窓〈安房直子ファンタジー〉
相沢忠洋　「岩宿」の発見〈幻の旧石器を求めて〉
赤川次郎　偶像崇拝殺人事件
赤川次郎　人間消失殺人事件
赤川次郎　三姉妹探偵団
赤川次郎　三姉妹探偵団2〈キャンパス篇〉
赤川次郎　三姉妹探偵団3〈珠美・初恋篇〉
赤川次郎　三姉妹探偵団4〈怪奇篇〉
赤川次郎　三姉妹探偵団5〈復讐篇〉
赤川次郎　三姉妹探偵団6〈危機一髪篇〉
赤川次郎　三姉妹探偵団7〈駈け落ち篇〉
赤川次郎　三姉妹探偵団8〈人質篇〉
赤川次郎　三姉妹探偵団9〈青ひげ篇〉
赤川次郎　三姉妹探偵団10〈父恋し篇〉
赤川次郎　死が小径をやってくる〈三姉妹探偵団11〉

赤川次郎　死神のお気に入り〈三姉妹探偵団12〉
赤川次郎　次女と野獣〈三姉妹探偵団13〉
赤川次郎　心地よい悪夢〈三姉妹探偵団14〉
赤川次郎　ふるえて眠れ、三姉妹〈三姉妹探偵団15〉
赤川次郎　三姉妹、呪いの道行〈三姉妹探偵団16〉
赤川次郎　三姉妹、初めてのおつかい〈三姉妹探偵団17〉
赤川次郎　恋の花咲く三姉妹〈三姉妹探偵団18〉
赤川次郎　月もおぼろに三姉妹〈三姉妹探偵団19〉
赤川次郎　三姉妹、ふしぎな旅日記〈三姉妹探偵団20〉
赤川次郎　三姉妹、清く貧しく美しく〈三姉妹探偵団21〉
赤川次郎　三姉妹と忘れじの面影〈三姉妹探偵団22〉
赤川次郎　三姉妹、舞踏会への招待〈三姉妹探偵団23〉
赤川次郎　三人姉妹殺人事件〈三姉妹探偵団24〉
赤川次郎　三姉妹、さびしい入江の歌〈三姉妹探偵団25〉
赤川次郎　三姉妹、恋と罪の峡谷〈三姉妹探偵団26〉
赤川次郎　静かな町の夕暮に
赤川次郎　キネマの天使〈レンズの奥の殺人者〉
新井素子　グリーン・レクイエム〈新装版〉
安能務 訳　封神演義 全三冊

安西水丸　東京美女散歩
綾辻行人　殺人方程式〈切断された死体の問題〉
綾辻行人　鳴風荘事件 殺人方程式Ⅱ
綾辻行人　十角館の殺人〈新装改訂版〉
綾辻行人　水車館の殺人〈新装改訂版〉
綾辻行人　迷路館の殺人〈新装改訂版〉
綾辻行人　人形館の殺人〈新装改訂版〉
綾辻行人　時計館の殺人〈新装改訂版〉
綾辻行人　黒猫館の殺人〈新装改訂版〉
綾辻行人　暗黒館の殺人 全四冊
綾辻行人　びっくり館の殺人
綾辻行人　奇面館の殺人(上)(下)
綾辻行人　どんどん橋、落ちた〈新装改訂版〉
綾辻行人　緋色の囁き〈新装改訂版〉
綾辻行人　暗闇の囁き〈新装改訂版〉
綾辻行人　黄昏の囁き〈新装改訂版〉
綾辻行人　人間じゃない〈完全版〉
綾辻行人ほか　7人の名探偵
我孫子武丸　探偵映画

講談社文庫　目録

あさのあつこ　NO.6〔ナンバーシックス〕#5
あさのあつこ　NO.6〔ナンバーシックス〕#6
あさのあつこ　NO.6〔ナンバーシックス〕#7
あさのあつこ　NO.6〔ナンバーシックス〕#8
あさのあつこ　NO.6〔ナンバーシックス〕#9
あさのあつこ　NO.6beyond〔ナンバーシックス・ビヨンド〕
あさのあつこ　待ってる〈橘屋草子〉
あさのあつこ　さいとう市立さいとう高校野球部(上)(下)
あさのあつこ　甲子園でエースしちゃいました〈さいとう市立さいとう高校野球部〉
あさのあつこ　おれが先輩？〈さいとう市立さいとう高校野球部〉
阿部夏丸　泣けない魚たち
朝倉かすみ　肝、焼ける
朝倉かすみ　好かれようとしない
朝倉かすみ　ともしびマーケット
朝倉かすみ　感応連鎖
朝倉かすみ　たそがれどきに見つけたもの
朝比奈あすか　憂鬱なハスビーン
朝比奈あすか　あの子が欲しい
天野作市　気高き昼寝
天野作市　みんなの旅行
青柳碧人　浜村渚の計算ノート
青柳碧人　浜村渚の計算ノート　2さつめ〈ふしぎの国の期末テスト〉
青柳碧人　浜村渚の計算ノート　3さつめ〈水色コンパスと恋する幾何学〉
青柳碧人　浜村渚の計算ノート　3と$\frac{1}{2}$さつめ〈ふえるま島の最終定理〉
青柳碧人　浜村渚の計算ノート　4さつめ〈方程式は歌声に乗って〉
青柳碧人　浜村渚の計算ノート　5さつめ〈鳴くよウグイス、平面上〉
青柳碧人　浜村渚の計算ノート　6さつめ〈パピルスよ、永遠に〉
青柳碧人　浜村渚の計算ノート　7さつめ〈悪魔とポタージュスープ〉
青柳碧人　浜村渚の計算ノート　8さつめ〈虚数じかけの夏みかん〉
青柳碧人　浜村渚の計算ノート　8と2分の1さつめ〈つるかめ家の一族〉
青柳碧人　浜村渚の計算ノート　9さつめ〈恋人たちの必勝法《マーチンゲール》〉
青柳碧人　浜村渚の計算ノート　10さつめ〈ラ・ラ・ラ・ラマヌジャン〉
青柳碧人　霊視刑事夕雨子《ゆうこ》1〈誰かがそこにいる〉
青柳碧人　霊視刑事夕雨子2〈雨空の鎮魂歌《レクイエム》〉
朝井まかて　花《はな》競《くら》べ〈向嶋なずな屋繁盛記〉
朝井まかて　ちゃんちゃら
朝井まかて　すかたん
朝井まかて　ぬけまいる
朝井まかて　恋歌
朝井まかて　阿《お》蘭《らん》陀《だ》西《さい》鶴《かく》
朝井まかて　藪医《やぶい》ふらここ堂
朝井まかて　福袋
朝井まかて　草々不一
歩《あゆみ》りえこ　ブラを捨て旅に出よう〈貧乏乙女の“世界一周”旅行記〉
安藤祐介　営業零課《ぜろか》接待班
安藤祐介　被取締役《とりしまられやく》新入社員
安藤祐介　おい！山田〈大翔製菓広報宣伝部〉
安藤祐介　宝くじが当たったら
安藤祐介　一〇〇〇ヘクトパスカル
安藤祐介　テノヒラ幕府株式会社
安藤祐介　本のエンドロール
青木理　絞首刑
麻見和史　石の繭〈警視庁殺人分析班〉
麻見和史　蟻《あり》の階段〈警視庁殺人分析班〉
麻見和史　水晶の鼓動〈警視庁殺人分析班〉
麻見和史　虚空の糸〈警視庁殺人分析班〉
麻見和史　聖者の凶数〈警視庁殺人分析班〉

2024年3月15日現在